어디까지나
개인적인

■ 이 도서의 국립중앙도서관 출판시도서목록(CIP)은
서지정보유통지원시스템 홈페이지(http://seoji.nl.go.kr)와
국가자료공동목록시스템(http://www.nl.go.kr/kolisnet)에서 이용하실 수 있습니다.
(CIP제어번호: CIP2015027131)

어디까지나
개인적인

내 방식대로
읽고 쓰고
생활한다는 것

임경선

마음산책

어디까지나
개인적인

1판 1쇄 발행 2015년 10월 20일
1판 4쇄 발행 2022년   2월 20일

지은이 | 임경선
펴낸이 | 정은숙
펴낸곳 | 마음산책

등록 | 2000년 7월 28일(제13-653호)
주소 | (우 04043) 서울시 마포구 잔다리로 3안길 20(서교동 395-114)
전화 | 대표 362-1452 편집 362-1451   팩스 | 362-1455
홈페이지 | www.maumsan.com
블로그 | blog.naver.com/maumsanchaek
트위터 | twitter.com/maumsanchaek
페이스북 | facebook.com/maumsan
인스타그램 | instagram.com/maumsanchaek
전자우편 | maum@maumsan.com

ISBN 978-89-6090-242-8 03810

* 책값은 뒤표지에 있습니다.

어떻게 하면
진정한 자기 자신으로
살아갈 수 있을까.

사람과 사람 사이의 아주 바람직한 일

카프카 소년이 열다섯 살에 가출을 했다면, 열다섯 살의 나는 무라카미 하루키를 만났다. 나는 열다섯 살 때, 일본의 한 고등학교를 다니고 있었다. 그곳은 이른바 재일 교포들을 위한 민족 학교로서, 모든 것을 일본어로 가르치되 한국의 역사와 언어 그리고 문화를 더불어 가르치는 곳이었다. 어렸을 때는 일본에 살았지만 여러 나라를 거쳐 떠돌이 생활을 했던 나는, 일본 고등학교로 전학 갔을 때 다시 어렵게 일본어를 익혀야만 했다. 힘들지만 팔자려니 했다.

전학을 간 학교는 '민단^{남한}' 계열 학교였지만, '조총련^{북한}' 계열의 아이들도 더러 함께 공부하고 있었다. 그뿐만 아니라 자전거로 통학할 때는 부근의 조총련 학교에 다니는 치마저 고리 교복 차림의 북한 아이들을 곧잘 마주치곤 했다. 서로를 의식하지만 그냥 지나치는 그런 관계. 무서웠냐고? 그곳에서는 남한과 북한의 구분이 별로 의미가 없었다. 그저 우리 학교의 경우, 한국으로 수학여행을 갈 때 '조총련' 계열 학생들의 입국은 허락되지 않아서 같이 못 갔던 아쉬움이 남을 정도.

교복을 입고 자전거를 타고 머리에 리본을 매고 삼각함수, 미적분과 씨름하던 1987년, 즉 건방진 열다섯 살의 고등학교 2학년이 되었을 때, 나는 우연히 무라카미 하루키의 『노르웨이의 숲』을 읽게 되었다. 새빨간 책이라 부모님 몰래 매일 밤 조금씩 나눠서 읽었다. 애틋한 정사 장면이 나오면 무척 부끄러워 아랫배가 간질거리기도 했다. 그렇게 나는 하루키의 글을 처음 만났다.

그 후로 오랜 세월이 흘렀다. 그 사이 나는 대학을 가서 연애를 했고, 대학원에 가서 공부하는 척을 했고, 직장에 다니며 인간과 일을 알게 되었고, 한 남자를 만나 사랑의 맹세를 했고, 지금은 한 소녀의 엄마이자 글을 쓰는 작가가 되었다. 그 사이에 일어났던 무수한 많은 일도 지금은 아지랑이처럼 아련하게 느껴진다.

그러나 분명히 기억할 수 있는 것은, 그 삶의 모든 슬프고 힘들고 기쁘고 먹먹했던 세월을 무라카미 하루키의 글로 위로받고 지탱하며 살아왔다는 사실이다. 나는 대체적으로 싱겁고 건조한 사람이라서 뭔가에 깊게 푹 빠지거나 미친 듯이 매달리거나 수집을 하는 것과는 별로 인연이 없이 살아왔다. 게다가 무엇에든 쉽게 질리는, 변덕이 아주 심한 사람이다. 다만 불가사의하게도 무라카미 하루키라는 작가에 대해서만은 이날 이때까지 깊이 매료되어왔다.

그것은 오로지 그가 오랜 시간 동안 꾸준히 성실함과 부지런함으로 글을 써준 덕분이라고 생각한다. 독자를 바라보는 그의 시선도 변함없이 따스하고 담백하다.

"30년간 글을 써왔고 지금도 새로운 독자에게 내 책이 읽히고 있지요. 그 사실이 무엇보다도 저를 지탱해줍니다. 상이나 훈장은 인위적이고 위에서 내려오는 것이니 자연스러울 수가 없죠. 하지만 독자가 나의 책을 기다려주고 있다는 확실한 감촉만큼 작가에게 소중한 것은 없습니다. 이것이 저의 일관된 소신입니다."

〈생각하는 사람〉 2010년 여름호 인터뷰

그에게 가장 의미 있는 것이 자신이 쓰고 싶은 글을 쓰는 거라면 그의 독자에게 가장 의미 있는 일은 그의 글을 기다리는 일일 것이다. 나라는 사람에게 작가 무라카미 하루키가 조금은 더 특별한 의미인 것은 그 덕분에 부족한 재능으로 글을 쓰다 막막해지면 다시 한 번 일어서서 걸어 나갈 힘을 얻고 조금 더 나은 사람이 되어야겠다, 라는 인간 본연의 선의도 품게 된다는 것이다. 그것은 사람과 사람의 관계에서 아주 바람직한 일이 아닐까 생각된다.

이 책은 그간 내가 쓴 그 어떤 책과도 문체와 결이 다르다. 그것은 정말로 소중하고 의미 있는 것을 조심조심 다루는 겸허한 마음과 닮아 있을 것이다. 그런 의미에서 이 책을 좋아해주실 독자는 나의 가장 깊은 마음속을 들여다보고 이해해주실 거라고 절로 믿게 된다.

내용을 더하고 새로 쓴 이 책을 통해 나는 다시 한 번 무라카미 하루키로부터 영감을 받고 나의 삶을 되돌아보게 되었다. 마음속 깊이 고마웠던 내가 할 수 있는 것이라고는 그를 기리며 꼼꼼하고 성실하게 책을 쓰는 것밖에는 없었다.

왜 작가 무라카미 하루키에 대해 글을 쓰게 되었느냐고 누군가 묻는다면, 나는 '그저 그래야 될 것 같았고 또 너무나 그러고 싶었기 때문에'라고 대답할 것이다. 거창하게 들릴지 모르겠지만 이것은 내 인생의 당연한 수순이었다.

2015년 10월

임경선

차 례

■ 일러두기

1. 이 책은 『하루키와 노르웨이 숲을 걷다』(뜨인돌, 2007)에 내용을 더하고 새롭게 쓴 것이다.

2. 이 책에 인용된 무라카미 하루키의 모든 작품과 신문 및 잡지 기사 등은 저자가 직접 번역한 것이다.

3. 외국 인명, 지명, 작품명 및 독음은 '외래어 표기법'을 따르되 관용적인 표기와 동떨어진 경우 절충하여 실용적 표기에 따랐다.

4. 영화, 텔레비전 프로그램명, 잡지와 신문 등의 매체명, 노래 제목은 〈 〉로, 편명은 「 」로, 책 제목은 『 』로 표기했다.

내 안의 미지의 장소

작가의 성장

모든 결과에는 이유가 있다

뉴욕, 2005년

미국 매사추세츠 주 케임브리지, 하버드 스퀘어에 있는 퍼스트 패리시 교회의 예배당에 800여 명의 사람들이 빼곡히 앉아 숨을 죽이고 있다. 모두 초롱초롱한 눈빛으로 한 작가의 강연에 귀를 기울인다. 수줍음을 잘 타기로 유명한 이 일본인 작가 무라카미 하루키는 하버드대학의 라이샤워 일본학연구소의 초빙 작가다. 하루키는 하버드대학에서 집필도 하고 또 가끔은 이렇게 강연회도 연다. 그의 강연회가 한번 결정되면 유명 가수의 콘서트 소식처럼, 학생과 주민 들은 흥분을 감추질 못한다. 들뜬 마음으로 모인 청중과 작가 사이에는 엄숙하지만 친밀한 기류가 넘쳐흐른다. 작가 무라카미 하루키는 창작과 소설에 대한 자신의 생각을 천천히 조심스럽게 영어로 전달하고 있다.

"소설을 쓴다는 것은 인내심을 필요로 하는 과정입니다. 이야 깃거리는 내 안의 깊은 곳에 있기에 그곳까지 우물을 파고들어 가듯 들어가지 않으면 안 됩니다. 그곳은 매우 어두운 장소지 요. 하지만 제가 좀 더 깊게 파고들어 갈수록, 그리고 더 오랜 시 간 그 깊은 곳에 머물수록 제 소설은 강해질 수 있습니다. 그래 서 저는 늘 작품을 쓸 때마다 한층 더 깊은 곳에 들어가려고 노 력합니다."

뉴욕, 1994년

1994년, 뉴욕의 유서 깊은 알곤퀸 호텔. 이곳은 뉴욕에서 가장 오래된 호텔이며, 1920년대 전후 미국 당대의 저명한 작 가들이 '알곤퀸 라운드 테이블'이라는 문학 모임을 가졌던 곳 으로 전설적인 아우라를 자랑한다. 그 명성에 어울리게 '마틸 다'라는 흰색 페르시안 고양이를 로비에서 키우는 매우 독특 한 호텔이기도 하다. 이 호텔의 '블루 바Blue Bar'에서는 작은 칵 테일파티가 한창 진행 중이다. 이날의 주인공은 시사 문예지 〈뉴요커〉의 작가들이다. 10여 명의 주빈들은 모두 〈뉴요커〉의 단골 필진으로, 그 가운데 유일한 동양인이 눈길을 끈다. 무 라카미 하루키다.

〈뉴요커〉는 이번 호의 특집 테마를 '뉴요커의 작가들'로 잡고 10여 명의 기라성 같은 작가들을 한 스튜디오로 소집하였다. 저명한 인물 사진작가인 리처드 애버던이 작가들의 단체 사진을 찍었다(지금은 작고했다). 알곤퀸 호텔의 칵테일 모임은 사진 촬영을 무사히 마치고 나서 즐기는 작은 뒤풀이다. 칵테일을 손에 들고 한데 모인 작가들 사이에는 동질감과 친밀함이 넘쳐난다.

〈뉴요커〉를 탐닉하듯 읽어온 무라카미 하루키는 가슴이 벅차오른다. 그에게는 꿈만 같은 일이다. 자신이 아직은 충실한 독자였던 시절, 감탄해 마지않으며 읽은 바로 그 작품의 작가들과 함께 지금 칵테일을 마시며 이야기를 나누고 있기 때문이다. 그것도 같은 작가의 입장에서 말이다.

열다섯 살 때 가슴이 찢어질 듯한 감동을 안겨주었던 존 업다이크가 성큼성큼 걸어오더니 무라카미 하루키에게 말을 건넨다.

"당신 작품은 잘 읽고 있어요. 모든 작품이 정말 멋지더군요."

무라카미 하루키는 순간 다시 한 번 열다섯 소년 시절로 돌아간 듯하다. 그것이 사교성 발언이었다고 해도 상관없다. 오로지 이 순간, '그동안 여러 가지 힘든 일도 많았지만, 여기까지 꾸준히 노력해오길 정말 잘했구나' 하는 감동에 젖는다.

그는 영어판 단편집 『코끼리의 소멸The Elephant Vanishes』을 통해 당시의 찬란했던 순간을 떠올린다. 가장 치열하게 살았던 시절, 자신이 광적으로 좋아한 잡지 〈뉴요커〉가 붙여준 최고의 작가라는 타이틀은 정말 그를 행복하게 했다. 세상을 살아가는 일은 그래서 흥미롭고 때로는 불가사의하다.

도쿄, 1979년

쾌청한 봄날의 일요일 점심 무렵, 전화벨이 우렁차게 울린다. 지난밤 늦게까지 장사를 한 무라카미 하루키는 깊은 잠에 빠져 있다. 아내 무라카미 요코가 대신 전화를 받는다.

"모시모시, 무라카미데쓰……."

문예지 〈군조群像〉의 편집자에게서 걸려온 전화다. 남편 하루키의 작품이 군조 신인문학상 최종 후보 다섯 작품 가운데 하나로 뽑혔다는 소식이다. 요코는 자고 있던 남편을 흔들어 깨운다. 잠결에 전화를 받은 무라카미 하루키는 작품 응모를 한 사실조차 까맣게 잊고 바쁘게 지내던 터라 더할 나위 없이 기쁘다. 생각도 못한 일이었기 때문이다.

잠이 확 깬다. 조금은 들뜬 기분으로, 조금은 상기된 마음으로 무라카미 하루키는 옷을 갈아입고 산책에 나선다. 다행히도 산책하기에는 아주 좋은 날씨다. 맑고 쾌청한 일요일 오후.

무라카미 하루키는 자신이 운영하는 재즈 카페 '피터 캣 Peter Cat'과 아파트 사이에 있는 센다가야 역 쪽에서 하라주쿠 방면으로 천천히 걷기 시작한다. 그런데 산책 도중, 센다가야 초등학교 근처에서 날개를 다친 비둘기가 바닥에 쓰러져 있는 것을 발견한다. 바들바들 떠는 비둘기의 다리에는 작은 금속 링이 끼워져 있고, 그 안에 주인의 연락처가 적혀 있다. 누군가의 '메신저 비둘기'인 것 같다.

어릴 때부터 동물을 유난히 좋아했던 무라카미 하루키는 안타까운 마음에 그 비둘기를 그대로 둘 수가 없어 조심스레 안고 파출소까지 간다. 지갑이나 우산 같은 여느 분실물처럼 공식적이고 꼼꼼한 신고 처리를 마친다. 날개를 다친 비둘기는 결코 흔한 분실물은 아니지만 그에게는 그 사실이 특이하게 느껴지지 않는다. 건전한 한 사람의 시민으로서 당연한 도리일 뿐이리라. 오히려 그보다는 자신에게 지금 벌어지고 있는 일이 더 특이하게 느껴질지도 모른다.

비둘기를 순경에게 맡긴 뒤 파출소를 나오면서, 무라카미 하루키는 불현듯 '음, 난 아마도 그 신인상을 타게 되겠지'라고 생각한다. 자신의 작품이 결국 신인상에 뽑히게 될 것이고 그로 인해 앞으로 인생이 많이 달라질 것이라는 알 수 없는 묘한 확신이 든다.

무척이나 당돌해 보일 수도 있지만 그에게는 정말 그런 확신이 있었다. 그래서 막상 네 명의 경쟁자를 물리치고 최종 당선자로 선정되었다는 전화를 받았을 때 그리 놀라지 않았다. 그저 조용히 기쁨을 곱씹을 따름이었다.

고베, 1964년

고베 시립 고등학교 1학년생인 무라카미 하루키는 주로 항구 근처의 헌책방에서 시간을 보낸다. 서구 세계와의 왕래가 활발히 이루어지던 고베 항구는 파란 눈의 외국 선원들로 늘 들끓고, 그들은 선상에서 읽은 영어 페이퍼백들을 고베의 헌책방에 판 후 다시 배를 타곤 한다.

선원들이 놓고 간 때 묻은 페이퍼백들을 호기심 가득한 눈과 두근거리는 마음으로 뒤적이는 소년, 하루키. 그는 커트 보네거트와 트루먼 커포티, 레이먼드 챈들러, 로스 맥도널드의 하드보일드 추리소설과 F. 스콧 피츠제럴드의 소설에 열광한다. 내용의 절반쯤은 이해가 되지 않지만 틈만 나면 영어 사전을 왼손에 들고 모르는 단어, 하지만 꼭 의미를 알아야만 하는 단어들을 꼼꼼히 찾아가며 딱딱한 돌을 씹듯 영어 원서를 투박하게 읽어나간다. 처음에는 거칠더라도 자꾸자꾸 읽다보면 돌 씹히는 감촉이 점차 없어진다는 것을 그는 알고 있다.

영어 페이퍼백 소설의 세계는 전통을 중시하는 가정에서 자라난 이 반항적인 일본 소년에게 마치 신세계와도 같았다. 레이먼드 챈들러 소설의 주인공인 탐정 필립 말로는 무라카미 하루키에게 한 마리의 '고독한 늑대'였다. 이 소설 속 세계에서는 당당한 개인들의 모험담이 매혹적으로 전개되고 있었다. 그들은 하고 싶은 대로, 기분 내키는 대로, 그래서 종종 제멋대로인 행동을 보여주었다.

무라카미 하루키에게 이런 흥미진진한 모험담은 실로 매력적이지 않을 수 없었다. 오히려 흠뻑 빠져들지 않은 게 더 이상할 정도였으니까.

이런 페이퍼백 소설을 틈날 때마다 읽는 무라카미 하루키를 보고 또래 친구들은 그가 그저 폼을 잡고 건방을 떨고 있다고 생각했다.

"저 무라카미 놈 좀 봐. 까막눈인 주제에! 누가 선생 자식 아니랄까봐……."

소년 하루키는 억울하기 짝이 없었다. 그는 자신이 우연히 찾아낸 신천지 같은 세상의 즐거움을 공유할 친구가 있기를 바랐다. 이 흥미진진한 취미를 함께 나눌 친구가 없어서 그는 오히려 외로울 뿐이었다.

독서는 어릴 때부터 무라카미 하루키에게 삶의 큰 즐거움이었다. 하지만 학교 복도의 구석 벽에 기대어 책에 얼굴을 파묻고 있던 그에게 정체 모를 수수께끼의 남자가 다가와 "무라카미 군, 지금 자네는 단순히 소설을 '읽는' 사람이지만, 가까운 훗날엔 소설을 직접 '쓰는' 작가가 될 것이라네. 물론 자네가 내 말을 그대로 '믿어준다'면 말이지"라고 수상쩍게 말하고 지나갔다면 하루키는 어떤 반응을 보였을까? 아랑곳하지 않고 그저 원래 성격대로 피식 웃으며, 다시 책읽기의 세계로 냉큼 돌아갔을 것이다.

책 읽는 소년

무라카미 하루키는 1949년 1월 12일, 교토 시에 있는 한 고등학교의 일본 문학 교사 부부 무라카미 치아키와 미유키 사이에서 태어났다. 당시 그들은 같은 학교에서 근무하다가 결혼까지 하게 되었다. 무라카미 하루키의 할아버지는 교토의 승려였기 때문에 본거지를 전통 도시인 교토에 두었지만 무라카미 하루키가 여섯 살이 되던 해, 가족은 고베로 이사를 가게 되었다.

무라카미 하루키는 전형적인 중산층 가정의 외동아들답게 평화롭고 온화한 환경 속에서 유년 시절을 보냈다. 피아노를 배우며 강아지를 키우고, 이따금 설레는 마음으로 동물원에 놀러 가기도 했다. 하지만 하루키는 엉뚱한 구석이 있는 소년이었다. 하루는 그의 아버지가 음식물 쓰레기를 파묻기 위해 하루키에게 놀이 삼아 마당의 땅을 파라고 시켰는데, 너무 집중하고 열중한 나머지 그만 너무 깊게, 그것도 자신의 키보다 훨씬 더 깊게 파버려서 야단을 맞기도 했다.

소년 하루키는 특히 책을 좋아했다. 하루키의 부모님도 책을 아주 좋아해서 집은 언제나 책으로 넘쳐났다. 하루키는 종종 동네의 공립 도서관에 가서 책을 빌려다 보기도 했지만, 만화와 주간지를 빼곤 돈이 없어도 서점에서 원하는 만큼 책을 가져올 수 있었다. 책을 좋아하는 아들을 위해 그의 부모님과 서점 주인이 외상 협정을 맺어놓았던 것이다.

이렇게 아들을 자유롭게 키우던 부모님이지만 교토 출신의 전통적인 가풍은 유지해나갔다. 매주 일요일 아침마다 어머니 치아키는 하루키에게 일본 문학을 직접 가르쳤다. 부모님은 아들이 일본 고전이나 전통문화에 관심을 갖길 바랐던 것이다. 그러나 하루키는 전통적인 것을 체질적으로 거부했다. 집에 어려운 일본 문학 책만 있어서 어릴 때부터 거부감이 있었던 것일까? 아니면 부모님이 저녁 식사를 하면서도 일본 문학에 대해 열띤 토론을 하는 분위기가 부담스러웠던 것일까? 일본의 전통문화나 고전소설보다는 열두 살이 되던 해에 부모님이 사주신 세계문학전집이 훨씬 더 흥미진진하고 편안하게 느껴졌다. 한 권도 빠짐없이 몇 번씩이고 탐독하며 10대 초반을 보냈을 정도니까.

어느덧 중학생이 된 무라카미 하루키는 세계문학전집의 영향으로 외국 문학, 그중에서도 러시아 장편소설에 깊이 빠지게 되었다. 특히 『카라마조프 가의 형제들』은 '나의 북극성'이라고 부를 만큼 애착을 가졌다. 『카라마조프 가의 형제들』은 알다시피 성인이 읽기에도 크게 부담이 되는 책이다.

1990년대 후반, 홈페이지를 통해 독자들과 이메일을 활발하게 교환할 당시에도 무라카미 하루키는 『카라마조프 가의 형제들』에 대해 극찬을 아끼지 않았다. 당시 독자들의 반응도 뜨거웠다. "나도 그 책 읽었어요!" "저, 저, 저도요!" "흠, 그렇다면 나도 이번엔 기필코 완독을 하고 말 거예요!" 등 작은 붐이 일기까지 했던 것이다. 그렇게도 읽기 힘든 책을 다 읽어냈다는 독자들을 보고 무척 흐뭇해하던 무라카미 하루키는 '『카라마조프 가의 형제들』을 완독한 사람들의 모임'을 결성해야겠다고 농담을 던지기도 했다.

중학교 시절, 하루키는 세계문학전집 이외에도 세계역사전집을 통독하며 역사에 대한 관심을 키웠다. 어릴 때부터 재미있어하던 세계사에 대한 관심은 훗날 장편소설 『태엽 감는 새』를 비롯해 다양한 작품에서도 나타난다. 또한 그가 스토리를 전개해나가면서 '과거를 돌아보는 것'에 의미를 두는 것 역시 역사를 중시하는 데서 비롯되었다. 기행문 한 편을 쓸 때도 무라카미 하루키는 그 지역의 토지 역사에 대해 사전

조사를 많이 한다고 한다.

역사를 중시하는 습관은 하루키 자신에게도 적용된다. 하루키는 자기 자신의 과거를 되돌아보곤 '아, 그때는 내가 이런 생각으로 그런 행동을 했구나'라며 한참 후에 혼자 고개를 끄덕이곤 한다. 원래 자신이 뭐든지 소화하는 것이 좀 느려서 그렇단다.

무라카미 하루키는 그렇게 자신만의 페이스와 주관을 유지하면서 주변의 어떤 누구보다도 많은 소설을 탐독했고, 도서관의 책 대부분은 그의 손을 거쳐 갔다. 또 좋아하는 책은 서너 번도 넘게 읽곤 했다.

책과 더불어 음악은 사춘기 소년 하루키에게 삶의 또 다른 일부분이었다. 책을 읽고 음악을 듣는 것 그리고 가끔 여자 친구랑 데이트하는 것이 그의 10대 생활의 전부였다. 책과 음악은 누가 뭐라 해도 그의 인생에서 가장 중요한 두 개의 열쇠였다. 다만 책과는 달리, 부모님이 음악을 별로 좋아하지 않아 집에는 그 흔한 레코드 한 장이 없었다고 한다. 음악을 자연스럽게 듣지 못하는 환경에서 자란 하루키는 독자적으로 음악을 접하기 시작했고 그 리듬에 서서히 빠져들었다. 그는 용돈만 받았다 하면 점심을 굶는 한이 있어도 로큰롤 LP

판을 사고, 기회만 있으면 고베 시에서 열리는 각종 콘서트를 직접 찾아가서 보고 들어야 직성이 풀렸다.

"나는 레코드를 걸고 그것이 끝나면 바늘을 올려 다음 레코드를 걸었다. 한 바퀴 전부 걸고 나자 다시 처음의 레코드를 걸었다. 레코드는 전부라야 여섯 장밖에 없었고, 사이클의 시작은 비틀스의 〈서전트 페퍼스 론리 하츠 클럽 밴드Sgt. Pepper's Lonely Hearts Club Band〉고, 끝은 빌 에번스의 〈왈츠 포 데비Waltz for Debby〉였다."

1963년, 당시 열네 살의 중학생이었던 하루키는 외국의 유명한 뮤지션이 온다고 해서 숙제를 하듯 종종걸음으로 한 콘서트를 찾아갔다. 하루키는 그곳에서 난생처음 재즈 콘서트를 접하게 된다. 아트 블레이키와 재즈 메신저스Art Blakey & The Jazz Messengers의 일본 공연이었다. 한창 감수성이 풍부했던 하루키 소년은 그 재즈 콘서트에서 영혼을 송두리째 빼앗기는 경험을 하게 된다. 재즈의 리듬은 라디오를 통해 로큰롤 음악에만 심취해 있던 한 소년을 아주 깊이 매료시켰다. 처음 들어보는 낯선 선율을 쉽게 이해할 수는 없었지만 그는 도발적인 모던재즈의 리듬에 마음을 사로잡힌 채 집으로 향했다. 그

날 이후, 하루키는 재즈 음반 수집에 열을 올리게 되었을 뿐만 아니라 오랜 시간이 흘러 직업을 갖게 되었을 때, 첫 직업으로 '재즈'와 관련된 것을 선택한다. 또한 재즈의 '리듬'을 자신의 첫 소설을 완성시키는 자양분으로 삼았다.

10대의 하루키에게 가정은 어느새 숨 막히는 장소로 변해 있었다. 부모님의 억압과 통제는 관심과 애정의 이면이기도 했다. 게다가 사춘기 시절에 '선생님의 자식'으로 지내는 것은 그리 쉽지 않았다.

무라카미 하루키의 집안에서는 특히 아버지의 존재가 컸다고 한다. 아버지는 정치적으로는 개방된 사고방식을 가지고 있어 다른 부모들처럼 일방적으로 구속하지는 않았지만, 아들의 입장에선 늘 아버지의 기대가 턱없이 버겁고 숨 막히기만 했다. 하루키는 아버지가 집 가까이에 있는 고등학교의 선생님이라는 이유 때문에 한참이나 떨어져 있어 버스로 가야만 하는 고베 시립 고등학교를 선택했다.

사실, 무라카미 하루키의 소설에선 부모와 자식 간의 이야기가 거의 나오지 않는다. 나온다고 해도 그리 마음 편한 관계 설정은 아니다. 예를 들어 『해변의 카프카』에서의 부자 관계는 최악이다.

타인에게 무엇인가를 직접적으로 '가르치는' 행위에 대해

본능적으로 거부반응을 보이는 것도 부모님과의 관계에서 영향을 받은 것이 아닐까 싶다.

중학교 시절의 유럽과 러시아권 문학에 대한 관심은 고등학교에 진학하면서 커포티나 챈들러, 피츠제럴드 같은 미국의 대중문학으로 옮겨갔다. 사전을 뒤적이면서 원서 페이퍼백 소설을 읽었던 무라카미 하루키는 이제 한술 더 떠서 누가 시키지도 않았는데 곧잘 재미 삼아 노트에 번역을 해보곤 했다. 왼쪽부터 시작해서 오른쪽으로 글이 쓰이는 영어를 오른쪽 상단부터 시작해서 왼쪽 하단 방향으로 쓰는 일본어로 번역하는 맛이 어찌나 쏠쏠한지 어느덧 번역은 하나의 취미 생활로 자리 잡게 되었다(역시 그는 좀 별나다!). 대학 시절까지 이어진 이 취미는 하루키가 훗날 작가가 되는 데뿐만 아니라 많은 영미 소설을 번역하는 데 단단한 기초가 되어주었다.

어릴 때부터 무라카미 하루키는 좋아하고 싫어하는 것이 분명했을 뿐만 아니라 처음에 세운 뜻은 끝까지 밀고 나갔다. 남의 눈치도 보지 않았고, 자신이 하고 싶은 것을 스스로 직접 발굴해내야 직성이 풀렸다. 또 자신이 흥미롭다고 느낀 것은 누가 옆에서 뭐라고 해도 만사 제쳐놓고 파고들어야만 했다.

하루키는 기본적으로 어릴 때부터 학교라는 곳을 좋아하

지 않았다. 어쩌면 '제도권'이라는 것 자체가 천성적으로 맞지 않았던 것 같다. 중학생 시절에는 주로 선생님한테 매 맞은 기억밖에 없다고 한다. 그것 때문에 자신의 인생이 꽤나 크게 바뀐 것만 같다고 몇십 년이 지난 후에도 불쾌해한다. 중학교 이후부터는 선생님이나 학교에 대해서 친근감을 갖기보다 혐오감을 느끼게 되었다. 무라카미 하루키는 선생님을 싫어했고, 공부도 열심히 하지 않았기 때문에 선생님들도 자신을 싫어했다고 토로한다. 학교에서 배우기보다는 본인이 스스로 책을 읽어가면서 독학하는 편을 더 선호했던 것 같다. 지금은 칼처럼 원고 마감일을 지키는 하루키지만 당시의 그는 학교 숙제를 거의 아슬아슬할 때까지 내버려두다가 겨우 해치우곤 했기 때문에 늘 야단을 맞았다. 그렇지만 독서 감상문만은 즐겨 쓰고 잘 썼기 때문에 친구들의 독서 감상문을 대신 써주기도 했다.

하루키는 고등학교에 올라가서도 중학생 시절과 마찬가지로 학교와는 별로 인연이 없는 나날을 보냈다. 그나마 고등학생이 되면서부터는 수학과 이과 계열의 과목에선 도통 성적이 나오지 않았고, 대신 좋아했던 영어, 국어, 세계사의 성적으로 적당히 만회했다.

수업 시간에 소설을 읽는 불량(?) 학생이었지만 반에서 중간 이상의 성적을 냈다. 대부분 수업을 빼먹고 마작을 하거나 여자 친구와 어둑어둑한 아시야 개천 부근에 숨어 놀거나, 영화관 구석 자리에 앉아 영화를 보거나, 재즈 카페에 죽치고 앉아 재즈를 들으며 담배를 피워댔다. 하라는 공부는 거의 하지 않고 내키는 대로 보낸 건강한(?) 청춘이었던 것이다.

"나는 어른들한테 호감을 주는 고등학생은 문제가 있다고 생각해요."

무라카미 하루키는 적당히 나쁜 짓도 하고, 적당히 민폐도 끼치면서 고등학교 시절을 보냈다. "요새 젊은 애들은 대체 무슨 생각을 하고 사는 건지, 쯧쯧……." 이런 소리를 들어가면서 고등학교 시절을 보내는 것이 가장 유익하고 정상이라고 그는 지금도 믿고 있으니까. 가족도, 학교도 싫었던 고등학생 하루키는 오로지 그곳을 빠져나가 어디 먼 곳으로 하루라도 빨리 떠나고 싶을 뿐이었다.

청춘의 배경음악

무라카미 하루키는 사춘기 무렵 자신에게 일어난 가장 멋진 일 중 하나가 바로 비치 보이스를 알게 된 거라고 말한다. 하루키는 1963년 비치 보이스 노래를 처음 듣게 되었다. 소니의 트랜지스터라디오를 통해서 흘러나왔던 비치 보이스의 히트 곡 〈Surfin' U.S.A〉를 듣다가 말 그대로 넋을 잃었다. 2005년에 출간된 음악 에세이집 『의미가 없다면 스윙은 없다』에서 비치 보이스에 대한 글을 썼던 무라카미 하루키는 '어떻게 이 사람들은 내가 원하는 것을 이토록 정확히 알 수 있었을까?' 라며 감격에 겨워했다. 무라카미 하루키의 청춘 BGM은 의심할 여지없이 비치 보이스였다.

내가 무라카미 하루키에 대한 자료를 정리하면서 곧잘

BGM으로 틀어놓았던 것이 비치 보이스의 베스트 앨범이었다. 캘리포니아의 빛나는 태양과 아름다운 바다, 선탠한 비키니 차림의 싱싱한 청춘 남녀를 떠올리게 하는 빠른 템포의 서프뮤직에서는 정말 아무런 걱정도 느껴지지 않는다. 듣고 있노라면 행복감에 젖어 저절로 엔도르핀이 돈다.

이런 낙천주의를 표현하는 멜로디를 들으면서 소년 하루키는 미국을 꿈의 저편 같은 세상이라고 확신했다. 제2차 세계대전 이후의 일본과는 생활수준과 가치관이 달라도 너무나 다른 별천지 세상. 제아무리 하루키가 사는 곳이 바닷가였다고 해도, 1960년대의 고베 시에는 서프보드를 파는 곳이 있을 턱이 없었다!

1983년 〈펜트하우스〉 5월호에 하루키는 「비치 보이스를 통과해서 어른이 된 우리들」이라는 에세이를 썼다. 이 글에는 하루키가 얼마나 순수한 마음으로 비치 보이스를 좋아했고 미국 문화를 막연하게 동경했는지 그의 감상적인 향수가 담겨 있다. 재미있는 것은 그가 부러워한 비치 보이스 멤버들이 실제로 한 명을 빼고는 전혀 서핑을 하지 못했고, 심지어 그룹의 리더이자 브레인이었던 브라이언 윌슨이 물이 무서워서 해안 근처에도 못 갔다는 속사정을 알게 된 후, 하루키는 내심 안도의 미소를 지었다고 한다.

"그러니까 그 당시 캘리포니아 청년이라고 해서 누구나가 다 방긋방긋 웃으면서 서핑을 즐긴 것은 아니었던 셈이죠."

각자 저마다의 문제나 고민, 콤플렉스 등을 안고 나름대로 힘겹게 열심히 살고 있으며 비치 보이스로 상징되는 '캘리포니아 서프뮤직'은 그런 젊은이들을 위한 응원가였을 뿐이라는 사실을 어른이 된 후에야 알게 되었던 것이다. 무라카미 하루키는 과거의 허기를 채우듯 전업 작가 초기 시절, 도쿄 외곽 바닷가나 하와이에서 종종 서핑을 즐겼다.

무라카미 하루키가 성인이 되어서도 비치 보이스에 대해 유달리 몰입한 데는 또 다른 이유가 있는 것 같다. 아무런 생각도 없어 보이고 그저 즐겁기만 할 것 같은 이미지를 보여주는 비치 보이스지만, 그들만의 아프고 어두운 그늘이 있었던 것이다.

1960년대 당시 미국에 비치 보이스가 있었다면 영국에는 비틀스가 있었다. 1960년대 중반, 비치 보이스의 작곡을 도맡았던 브라이언 윌슨은 기존의 가벼운 서프뮤직에서 벗어나 보다 진정한 음악성으로 재평가받고 싶었다. 그래서 그가 심혈을 기울여 만든 앨범이 바로 1966년에 발매된 〈펫 사운즈Pet Sounds〉였다. 하지만 이런 새로운 시도와 변신에 기존의 팬들은 등을 돌렸고 담당 음반사조차도 홍보하는 것을 포기했다.

정작 그 앨범의 출시로 강한 영감과 자극을 받은 사람은 비틀스의 폴 매카트니였다. 폴 매카트니는 〈펫 사운즈〉의 영향으로 이듬해인 1967년에 〈서전트 페퍼스 론리 하츠 클럽 밴드〉를 선보였고 결과는 대성공이었다. 그 전까지만 해도 비치 보이스와 비틀스는 늘 비교의 대상이 되는 라이벌이었는데 이제 비틀스는 명실공히 팝계의 황제가 되었고 비치 보이스는 바보 취급을 받게 되었다. 그리고 베트남전쟁이 터지자 시대적 배경 속에서 비치 보이스는 다시 한 번 '시대에 뒤처진 아무 생각 없는 그룹'으로 조소를 사고 만다. 새로운 실험에 도전해도 비난을 받았고, 기존의 이미지로 남아 있어도 욕을 먹었다. 폴 매카트니에 대한 패배 의식과 새롭게 시도한 음악의 연이은 실패로 리더 브라이언 윌슨은 깊은 상처를 받았고, 결국 지독한 마약중독자가 되고 말았다.

무라카미 하루키가 『노르웨이의 숲』을 썼다고 해서 비틀스의 〈노르웨이의 숲Norwegian Wood〉과 연결시켜 그가 비틀스 팬이었다고 생각하면 오산이다. 그는 '잘나가는' 비틀스보다는 '제대로 평가를 못 받은' 비치 보이스를 더 많이 이해하고 좋아했다. 무라카미 하루키는 아주 나중에서야 불운의 명반 〈펫 사운즈〉의 진가를 이해할 수 있었다고 한다. 그리고 마치 자신의 일시적인 등 돌림에 대해 용서라도 구하려는 듯, 나이 든 무라카미 하루키는 자신과 마찬가지로 이미 나이가 들어버린 브라이언 윌슨의 콘서트를 아직도 찾아다닌다. 어린 시절 동경했던 영웅, 브라이언을 직접 만나 담소를 나누기도 하고. 가장 최근에 보러 간 브라이언 윌슨 공연은 하와이에서 열린 15달러짜리 야외 공연이었다.

어디에도 속하지 않는 사람

무라카미 하루키의 와세다대학 시절 에피소드를 읽다 보면 나의 대학 생활과 오버랩되곤 한다. 나는 89학번으로 이른바 '낀 세대'다. 80년대 학번 선배들의 열렬한 기대 속에서, 입학하자마자 학생운동의 지침을 받아야만 했다. 1989년 당시에는 학생운동에 동참하지 않으면 암묵적으로 따돌림을 당하는 분위기였다.

오랜 외국 생활을 마치고 돌아와 우리말도 제대로 구사하지 못하는 대학 초년병 여학생을 바라보던 선배들의 곤혹스러운 표정이 지금도 생각난다. 물론 지금은 그때에 비하면 우리말 실력이 정말 좋아졌다. 선배들은 과격한 투쟁 문구가 새겨진 티셔츠를 주로 입고 다녔는데, 마치 '곱게만 자란 네가 이 세상의 모순에 대해 무엇을 알겠니……' 하는 식의 시선으로 바라보곤 했다. 심지어 과 엠티에 가서는 "너, 된장찌개는 먹을 줄 아니?"라는 소리까지 들었을 정도니까.

나의 대학 생활은 그렇게 시작되었다. 그런 분위기에서도 여자라서 용서되는 부분이 있는 것 같기도 했다. 나도 모처럼 귀국한 조국에서 따돌림을 당하고 싶지는 않았다. 어쩌면 애매모호한 태도를 취해야 대학 생활을 좀 더 편하게 보낼 수 있을 것 같다는 판단이 들었다. 그래서 그냥 양미간을 찡그린 채 열흘쯤 변비 걸린 표정으로 학생회실 구석에 쭈그리고 앉아, 반쯤은 이해가 안 되는 선배들의 이야기를 경청하곤 했다. 일본에서 초등학교를 다닐 때 한국 이름을 쓰면서도 '조센진' 소리를 듣지 않았던 내가 한국 초등학교로 전학 와서 '쪽발이'라는 소리를 들었을 때의 트라우마가 있다면, 당연히 더 이상은 튀고 싶지 않은 법이다.

어깨까지 내려오는 긴 머리에 수염을 기른 히피 대학생 무라카미 하루키가 대학을 다니던 때는 사정이 훨씬 더 심각했다. 1968년 하루키는 1년간의 재수 끝에 명문 사립 와세다대학 문학부 연극과에 들어가게 되었다. 1968년은 한국의 1980년대처럼, 학생운동이 정점에 이르렀을 때였다. 그때는 이른바 '전공투_{전국학생공동투쟁회의, 1967년부터 약 5년간에 걸쳐 과격하게 벌어진 일련의 학생운동}'의 시대였던 것이다. 전국의 주요 대학들은 학생운동의 소용돌이 속에 놓였고 장기간에 걸쳐 봉쇄되어 있었다.

1968년부터 1970년에 이르기까지 당시 좌익 성향의 대학생들은 기존의 사회체제를 완강히 거부했으며 베트남전쟁으로 상징되는 냉전 체제와 우경화되는 일본의 현실에 철저히 'No'를 외쳐댔다.

그는 데모 조직대에는 가담하지 않았지만 기본적으로는 학생운동을 지지하고 있었고 개인적인 범위에서 할 수 있는 행동은 했다. 하지만 운동권 계파 간의 대립이 심각해지면서 한 사건이 일어났다. 와세다대학 문학부의 어느 교실에서 비운동권 학생 한 명이 목숨을 잃었다. 그 이후로 당시의 일방적이고 권위적이고 폭력적인 학생운동 방식에 환멸을 느끼게 되었다. 결국 그에게 '전공투 시절'은 '배신감'이라는 단어로 정리되고 말았다.

유명한 카피라이터 이토이 시게사토와 가진 인터뷰에서 훗날 그는 다시 한 번 대학 시절에 느꼈던 감정에 대해 이야기한다.

"속았다는 생각이 들었지요. 모두가 남에 대해 이러쿵저러쿵 불평불만을 토로하지만 결국 남은 것은 아무것도 없었거든요. 그냥 '그래, 원래 다 이런 것이구나'라고 납득할 수밖에 없었죠."

그 시절 그들은 무조건 'No'를 부르짖기만 했지, 막상 'Yes'의 의미가 무엇인지 명확하게 대답하지 못했던 것이다.

하루키는 당시의 상황을 이렇게 기억한다.

"와세다대학에서는 데모에 참여하기 위해 수업을 거부하는 학생들이 많았죠. 그런데 데모대가 해체되고 수업이 강제로 재개되었을 때 가장 먼저 수업에 나온 애들이 누구인지 알아요? 바로 애초에 수업 거부를 했던 그 애들이었다고요. 난 너무 화가 나서 물어봤죠, 왜 수업에 나왔느냐고. 그랬더니 그들이 대답하더군요. '지금도 우리의 투쟁이 올바르다고 생각하지만, 내가 낙제하면 시골에 계신 부모님이 눈물 흘릴 거야. 역시 그러면 안 될 것 같아서……' 게다가 더 황당했던 것은 클래스의 대다수 학생들이 '우리 부모님 가슴에 못을 박으니까……'라는 말에 고개를 끄덕이며 쉽게 납득해버리고 말았다는 사실이죠."

이런 경험과 더불어 전공투가 몰락하자마자 대기업에 서둘러 취직해버리는 운동권 학생들을 보면서 무라카미 하루키는 이젠 더 이상 아무것도 믿지 않기로 마음먹었다. 그렇게 정의를 부르짖던 운동권 학생들이 분위기가 바뀌자 언제 그랬느냐는 듯이 면접용 슈트를 입고 자신들이 저항하던 대기업에 입사하려고 애쓰는 모습을 보면서 분개했다. 그 정의롭지 못함, 공정치 못함, 부조리함에 그는 처음으로 큰 마음의 고통을 겪었다.

또한 더더욱 어떤 운동이나 이데올로기나 주의ism도 따르지 않기로 결심했다. 자신이 목격했던 그러한 현상들이 이 사회의 상식이라면 그런 사회에는 별로 연관되고 싶지 않다고 생각한 것이다. 더 나아가서는 전공투 시대 이후로는 더 이상 진지하게 화를 내는 일 따위도 그만두기로 마음먹었다.

나는 일련의 이야기를 읽은 후, 하루키가 학생운동을 열심히 한 것도 아니면서 그들의 변질을 그렇게 쉽게 비판하는 것은 조금 심하다는 생각이 들었지만, 그 기분이 어떤 건지는 어렴풋이 이해할 수 있었다. 사회생활을 하다 보면 우연히 학생운동을 하던 대학 선배들과 마주칠 때가 종종 있다. 그들이 한때 '자본가여, 먹지도 말라'며 외쳤던 대기업의 이름이 자랑스럽게 새겨진 점퍼를 입고 이쑤시개를 물고 삼삼오오 밥집에서 나오는 것을 봤을 때, 혹은 미 제국주의와 종속론을 논하던 골수 운동권 선배가 다국적기업의 명함을 건네며 한번 찾아오라고 말할 때 그리고 열혈 데모 청년이었던 남자 동기의 핏기 가신 얼굴을 은행 창구에서 마주했을 때 느끼는 당혹감은 역시 말로 표현하기가 참 힘들었다.

시대가 달라지면 사람의 생각도 자의든 타의든 바뀌게 마련이다. 하지만 자연스럽지 못한 변화는, 때로 인간의 무력함과 유한성을 가장 적나라하게 보여주기 때문에 쓸쓸한 감정을 남긴다.

무라카미 하루키 자신도 적극적으로 전공투 데모 대열에 섰던 것은 아니어서 겉으로 대놓고 비판할 입장은 아니었을 것이다. 그래서 어쩌면 마음속으로 더 복잡 미묘한 감정이 끓어오르지 않았을까 싶다. 학생운동은 그 목적이나 결과에 상관없이, 어떤 형태로든 운동권과 비운동권 양쪽 학생들의 마음을 모두 뒤흔들어버렸으니까.

하루키의 초기 작품들, 『댄스 댄스 댄스』 『바람의 노래를 들어라』 『노르웨이의 숲』을 읽다 보면 그가 대학 시절을 어떻게 보냈는지 대략 짐작할 수 있다. 특히 『댄스 댄스 댄스』에 나오는 폭력적인 부분은 그가 전공투 시절의 경험을 통해 얻은 것과 잃은 것 그리고 생각했던 것을 간접적으로 상징한다. 작품에 배어 있는 깊은 상실감과 허무도 당시의 암울했던 시대적 배경이 몰고 온 인간관계의 상실 때문이었을 것이다.

잦은 데모로 늘 휴강되었던 탓에 무라카미 하루키는 자연스레 겉돌게 되었다. 학교에 가는 대신 아르바이트를 하거나 재즈 카페와 게임 센터에서 지내기도 했으며 여자 친구와 데이트를 즐기기도 했다. 또 고양이를 키우고 재즈를 듣고 영어 책을 탐독하면서 시간을 보냈다. 짬이 나면 훌쩍 배낭 하나 를 가볍게 메고 전국 방방곡곡으로 혼자 여행을 다니기도 했 다. 신주쿠 가부키초 부근의 술집이나 음반 가게에서 야간 아 르바이트하는 것을 빼놓고는 고교 시절의 일과와 별로 달라 진 것이 없어 보인다. 그리 사교적인 성격이 아니었기 때문에 대학에서는 친구가 별로 없었고, 학교 밖에서 친구를 사귀곤 했다.

한편, 그렇게도 고베의 부모님 곁을 떠나 독립하고 싶어 했 던 무라카미 하루키가 대학에 입학한 후 처음 둥지를 튼 곳 은 '와케이 기숙사'였다. 그곳은 와세다대학 부근에 있는 사설 기숙사였다. 그가 6개월 정도 살았던 이곳은 『노르웨이의 숲』 의 주인공 와타나베가 사는 기숙사의 모델이 되기도 했다. 소 설에 나오는 것과 마찬가지로 이 기숙사의 경영자는 당시 고 약하기로 정평이 나 있던 우익 인사였다. 게다가 우익 선배 학 생들이 신입생들의 기강을 잡으러 다닌다는 풍문을 듣고 무 라카미 하루키는 베개 밑에 조리용 칼을 두고 잔 적도 있었 다. 한마디로 분위기가 기상천외하고 살벌한 기숙사였다.

그래도 어쨌든 난생처음으로 혼자 살게 된 새내기 하루키 는 그런 환경을 즐기며 매일 밤 술에 취한 채 귀가했다. 그의 자유분방한 행동과 기숙사의 억압적인 분위기는 역시 어긋났기 때문에 1학년 가을 무렵, 하루키는 품행 불량으로 기숙사에서 쫓겨나고 만다. 그리고 학생과 게시판에 붙은 부동산 게시물 중 가장 싼 아파트를 골라 이사했다. 역시나 그곳은 싼 방세만큼이나 역에서 한참을 걸어가야 하는, 무밭 한가운데 있는 낡은 아파트였다. 그 아파트에서 하루키는 매일 밥을 해먹는 것이 귀찮아, 카레나 고로케를 한꺼번에 잔뜩 만들고는 3일간 내리 꾸역꾸역 먹어가면서 지내곤 했다.

학교에 안 나간 것은 잦은 휴강과 데모 때문이기도 했지만, 무라카미 하루키에게는 아쉽게도 대학 강의가 중고교 시절의 수업만큼이나 재미가 없었다. 그는 원래 시나리오 작가가 되겠다는 분명한 목적의식을 가지고 일부러 연극영화과가 있는 와세다대학에 재수까지 하면서 입학을 했던 터라 실망이 이만저만이 아니었다. 실망스러웠던 연극영화과 수업에 들어가지 않는 대신 하루키는 신주쿠로 열심히 영화를 보러 다녔다. 아마 1년에 200편 이상은 보았을 것이다. 대학 시절 하루키의 일과는 영화관, 아르바이트하는 곳, 아파트를 삼각형으로 빙글빙글 도는 것이었다. 선택의 여지가 별로 없었기 때문에 본 영화를 또 보기도 하고 B급이나 C급 영화도 꾹 참고 관람하곤 했다. 그러다 보니 꿈속에서 MGM의 사자가 으르렁거

리거나 21세기폭스의 플래시가 노래와 함께 회전하기도 했다. 거의 심각한 '병'의 경지에 이르렀던 것이다.

영화를 보러 다니지 않을 때면 와세다대학의 연극박물관에 처박혀서 동서고금의 수많은 시나리오를 무차별적으로 읽으며 지냈다.

"이것이 아마 내가 와세다대학에서 한 가장 귀중한 경험일 거예요."

도서관의 자료들은 훌륭했지만 자신이 속해 있던 와세다대학의 연극영화과 강의만큼은 현실적으로 정말 도움이 되지 않았다고 그는 아직도 툴툴거린다.

시나리오 작가의 꿈을 키우면서도 무라카미 하루키는 정작 자신에게 글 쓰는 재능이 기본적으로 없다고 생각했다. 책은 늘 즐겨 읽었지만 막상 자신이 독자가 아닌 필자가 된다는 것은 상상하기가 힘들었다. 창작에 대한 막연한 벽을 느꼈던 것 같다. 몇 편의 시나리오를 직접 써보기는 했다. 그러나 한 편의 시나리오를 완성시키기 위해서는 다른 사람들과 끊임없이 함께 일해야 한다는 사실을 깨달은 그는 뒤도 돌아보지 않고 시나리오 쓰는 일을 접어버렸다.

하지만 당시 시나리오를 읽고 쓴 경험은 초기 소설에서 그 흔적을 찾아볼 수 있다. 『바람의 노래를 들어라』나 『1973년의 핀볼』은 촬영한 듯 편집되어 있어서 소설적인 느낌보다는 영화적인 느낌을 물씬 풍긴다.

이처럼 무라카미 하루키의 대학 시절은 '캠퍼스의 낭만'과는 거리가 한참 멀었다. 그는 7년간의 길었던 대학 시절을 마침내 「미국 영화에서의 여행의 사상」이라는 졸업논문과 함께 종지부를 찍는다. 그리고 졸업논문 때문에 할 수 없이, 대학 입학 후 처음으로 교수와 말을 하게 되었다고 털어놓는다. 3일 동안 슬렁슬렁 써버린 졸업논문이 처음이자 마지막으로 대화를 하게 된 교수에게 최우수 등급을 받았다는 것은 어찌 보면 참으로 모순적이다.

내 마 음 속 의 도 서 관

"우리 집 근처에 마을 도서관이 있는데 정말 좋아요. 아침에
아무도 없을 때 서가를 돌다 보면 가슴이 찡하지요. 오늘은 뭘
읽어볼까, 두근거리기도 하고요."

이토록 도서관이라는 장소를 너무나도 좋아하는 무라카미
하루키가 개인적으로 최고로 꼽는 '마음속의 도서관'은 고베
시 아시야의 우치데 역 부근에 있는 아시야 우치데 도서관 분
관이다. 이곳은 하루키가 1967년 재수생 시절에 공부를 하러
다닌 곳이다.

2000년 11월 어느 화창한 가을날, 나는 이곳을 찾았다. 규
모가 작은 우치데 역에서 지도를 보며 걷다 보니 주변은 온통

화이트 혹은 베이지 톤의 환하고 평화로운 주택가로 바뀌었다. 그리고 그 한가운데에 넝쿨이 가득한 건물이 마치 시간이 멈춘 듯한 정적을 머금고 자리 잡고 있었다. 건물 안으로 들어가니 실내가 그리 넓지는 않았지만 천장이 높아서인지 안정감이 있었다. 서가에 들어가보려고 했으나 너무 일찍 간 탓에 아직 개방 전이었다. 문 너머로 보이는 서가에는 안경을 낀 중년 여성 두 명이 그리 크지 않은 서고를 부지런히 정리하고 있었다.

6인용 테이블도 그렇게 많지 않았다. 엄마가 초등학생 아이를 방과 후에 데려와 책을 고르게 할 법한 전형적인 커뮤니티 도서관의 모습이었다. 기왕 여기까지 일부러 찾아왔으니 정중히 부탁하고 안을 구경해볼까 하다가 업무를 방해할 것 같아서 그만두었다. 복도에 있는 의자에 앉아 잠시 쉬며 그 여성들이 일하는 모습을 멀찌감치서 지켜보았다. 그리고 잠시 옛 생각에 빠졌다.

사실 나는 도서관에 대해 별로 좋지 않은 추억을 가지고 있다. 도서관은 나에게 전학의 상징이었다. 어렸을 때 전학을 하도 자주 다녔던 터라 매번 학교를 옮기면서 새 친구를 사귀는 것은, 티는 안 냈지만 실은 매우 곤혹스러웠다. 나는 워낙 내성적이었기 때문에 전학을 가고 나서 한 보름 동안은 같이 점심 먹을 친구가 없었다. 그래서 아이들이 재잘대며 학생 식당으로 향할 때, 나는 대신 도서관으로 가서 책을 읽으며 배고픔을 삭이곤 했다.

도서관의 큰 테이블에 앉아 책을 뒤적이는 척하노라면 다른 테이블에서 역시 혼자서 책을 보는 아이들 몇 명이 눈에 띄었다. 그 아이들은 나 같은 전학생이 아니라 원래부터 친구들 사이에 잘 섞이지 못하는 것 같았다. 특히 그중에서도 두꺼운 안경테에 헝클어진 머리 그리고 기장이 짧아 발목 위까지 껑충 올라간 바지를 입고 있던 한 여자아이는 늘 내가 앉던 자리의 맞은편에 앉아 혼자 숙제를 하곤 했다. 사실 그 여자아이가 그 자리에 있었기에 안심하고 힘들었던 점심시간을 도서관에서 보낼 수 있었던 것 같다. 어쩌면 그 아이도 마찬가지였을지 모른다. 식당에 홀로 들어갔을 때 그 안에 이미 혼자 앉아 있는 손님을 발견하고 느끼는 안도감이랄까.

하지만 몇 주가 흘러 새로운 친구들이 생기자 나는 더 이상 점심시간을 학교 도서관에서 버텨야 할 필요가 없어졌다. 한참 지난 어느 날 숙제에 필요한 자료를 찾으러 점심도 못 먹고 도서관에 간 일이 있었다. 그곳에는 안경테 소녀가 여전히 그 자리에 앉아 책을 읽고 있었다. 아니 읽는 척이라고 하는 것이 맞다. 기억에서 완전히 잊혔던 그 아이를 다시 보자 나는 그녀에게서 눈을 뗄 수가 없었다. 그리고 내 시선을 느꼈는지 그 아이도 나를 바라보았다. 안경테 소녀는 '우린 어쩌면 친구가 될 수도 있었을 텐데……'라며 나를 원망하는 듯했다.

확실한 감촉의 사랑

시나리오 탐독 이외에 무라카미 하루키가 대학 생활에서 '건진 것'이 있다면 그것은 바로 그녀, 다카하시 요코였을 것이다. 별로 사교적이지 못했던 무라카미 하루키가 대학 시절 사귄 친구는 딱 두 명이었다. 그중 한 명이 다카하시 요코였고, 또 다른 한 명도 여학생이었다.

다카하시 요코는 도쿄에서 태어나 자랐으며, 부잣집 딸들만 다니는 가톨릭 사립학교를 나왔다(요코는 부잣집 딸이 아니었지만). 무라카미 하루키는 '미 제국주의의 아시아 침략' 강의에서 다카하시 요코를 만났다. 그녀는 그 첫 수업에서 무라카미 하루키의 옆자리에 앉았다. 보수적인 고등학교를 다닌 다카하시 요코로서는 수업 내용이 도저히 이해되지 않았다. 반면 옆자리의 장발 머리 대학생 무라카미 하루키는 역사와 세계사에 해박했기에 이래저래 수업 내용을 곁에서 가르쳐주다가 어느덧 친한 사이로 발전하게 되었다.

열아홉 동갑내기였던 두 사람은 첫 2년 정도는 그저 좋은 친구로서만 지냈으나 점차 서로에게 그 이상의 감정을 느끼게 되었다. 당시 다카하시 요코는 다른 남자를 사귀고 있다고 고백하며 고민했지만, 어느새 두 사람은 운명적인 사랑을 느끼는 사이로 발전했다.

『노르웨이의 숲』을 보면 주인공 와타나베 군이 두 여자와 삼각관계에 빠지는데, 혹자들은 이를 하루키의 대학 시절 삼각관계(?)에 대입해 보기도 한다. 햇살처럼 밝고 현실적이고 힘이 넘치는 미도리와 고요하고 신비스러우며 구슬픈 나오코. 다카하시 요코는 미도리의 모델이 아니냐, 그렇다면 또 한 명의 클래스메이트는 나오코의 모델이었느냐는 질문을 숱하게 받았다. 하지만 전혀 그렇지 않다고 무라카미 하루키는 고개를 절레절레 흔든다. 대담집 『하루키, 하야오를 만나러 가다』에서 그는 이렇게 밝힌다.

"나의 대학 시절은 소설에 나오는 와타나베 군의 대학 시절과 비교도 못할 만큼 지루했죠. 내가 겪은 대학 시절을 소설로 쓰자면 15페이지 정도밖에 나오지 않을 겁니다."

와일드한 삼각관계까지는 아니더라도 다카하시 요코와의

연애에는 확실히 그 이상의 무언가가 존재했다. 급기야는 첫 만남에서 겨우 3년이 지난 1971년, 하루키와 요코는 아직 스물두 살의 학생이었지만 직관적으로 '이 사람과 결혼해야겠다'고 생각했다. 그것은 누가 뭐라고 해도 확실한 감촉의 사랑이었다. 두 사람은 각자 부모님에게 이 사실을 알렸다. 하지만 아직 어리고 학생 신분인 두 사람의 결혼을 양가는 반대했다. 하나밖에 없는 귀한 아들이 대학도 채 졸업하기 전에, 다시 말해 '정상적인 직업을 갖고 제대로 어른도 되기 전에' 가정을 이루는 것을 원치 않았다.

또 다른 이유도 있었다. 무라카미 하루키의 집안은 할아버지가 교토의 승려일 정도로 전통적인 '관서 지방' 가문이었다. 따라서 전형적인 관동도쿄 지역 출신인 다카하시 요코의 집안을 달갑게 생각하지 않았다. 다카하시 요코의 집안에서도 마찬가지였다. 관서와 관동의 관계는 굳이 비유하자면 우리나라 전라도와 경상도의 관계와 비슷하다. 지역 간의 생활 스타일과 가치관이 서로 달라 자존심 대결을 벌이곤 했던 것이다.

부모의 반대도 열렬한 사랑에 빠진 두 젊은이의 의지를 꺾을 수는 없었다. 경제적인 문제 따위는 고려의 대상도 되지 않았다. 결혼을 허락받으러 온 예비 사위 무라카미 하루키에게 하는 수 없이 요코의 아버지는 단 한 가지 질문만 했다.

"하루키 군, 자네 요코를 진심으로 사랑하나?"

무라카미 하루키는 그 한마디에 예비 장인을 존경하게 되었다. 적어도 그는 권위적이지 않았고 공평했다. 그리고 그런 대우에 대한 화답으로 하루키는 자신의 굳은 결심을 보여 드렸다. 마침내 양가 부모를 설득하는 데 성공한 두 사람은 1971년 10월, 정식으로 한 쌍의 부부가 되었다. 결혼식도 올리지 않고 혼인신고를 하는 정도로 끝냈다. 졸업식, 장례식, 결혼식 등 '식' 자가 들어가는 모든 행사를 두 사람은 기본적으로 싫어했던 것이다.

두 사람은 어엿한 부부가 되긴 했지만 아직 대학생이었을 뿐만 아니라 돈도 없었고 미래에 대한 계획도 뚜렷이 없었다. 일단 들어가서 살 집조차 준비되지 않았다. 그래서 하루키와 요코는 아내를 여의고 혼자 살던 장인의 집에 들어가서 살기로 한다.

요코의 집은 오래전부터 이불 가게를 하고 있었는데 그 집터는 과거에 지하 감옥으로 썼던 곳이라고 한다. 그래서 별로 달갑지 않은 유령을 종종 마주치기도 했다. 새댁 요코는 태연하게 유령을 보곤 했지만 새신랑 하루키는 밤에 화장실 가는 것도 무척이나 오싹해하며 신혼 생활을 보내야만 했다.

스물두 살의 어린 나이에 가장이 된 대학생 무라카미 하루키는 생활비를 벌어야 했기 때문에 휴학계를 내고 본격적으로 아르바이트 전선에 뛰어들었다. 어차피 듣고 싶은 수업도 없었다. 오히려 일주일에 한 번 학교에 들르는 것이 더 편했다. 낮에는 주로 신주쿠의 음반 가게에서 일하고 저녁에는 카페에서 일하며 돈을 한 푼 두 푼 모아나갔다. 아내 요코도 같이 일하면서 돈을 벌었다. 아르바이트를 몇 개만 해도 일본에서는 먹고사는 데 아무런 지장이 없으니까. 그래도 두 사람은 퍽이나 가난했다. 세탁기 살 돈도 없어서 추운 겨울날에 직접 손빨래를 했어야 할 만큼. 하지만 그 정도의 고생은 예정된 것이었다.

두 사람은 공평함을 신조로 삼았다. 가사도 모두 반반씩 철저하게 분담했다. 당시로서는 참으로 혁신적이었다고 할 수 있다. 주변 사람들은 무라카미 하루키에게 공처가라느니, 아내가 너무 기가 센 것 아니냐느니 말이 많았지만 그는 상관하지 않았다. 똑같이 일하는데, 일하고 돌아온 아내에게 밥을 하라고 종용할 수는 없는 노릇이었기 때문이다. 이는 단순히 아내 사랑의 문제가 아니었다. 아무리 아내라 해도 타인에게 자신의 생활을 의존하는 것은 무라카미 하루키의 기본 철학에 위배되므로, 직접 밥도 하고 빨래도 하는 등 자신의 일은 자신이 해야만 했던 것이다. 부모님은 직접 가사를 하는 외아들을 보면서 개탄했다고는 하지만 적어도 하루키에게 그것은 남녀평등이라는 가치관을 떠나 '살아남기 위해 반드시 해야만 하는 이기적인 선택'이었다. 설령 갑자기 아내가 자기 앞에서 사라진다고 하더라도 꿋꿋이 혼자서 예전처럼 일상생활을 영위해갈 수 있도록 스스로 가사를 하는 것뿐이라며…….

재즈는 듣습니까?

아르바이트로 한 푼 두 푼 열심히 돈을 모은 무라카미 부부는 드디어 결혼 3년 만에 '일'을 벌인다. 은행에서 융자를 받고 장인에게 돈을 빌려, 달랑 500만 엔의 자금과 500장의 재즈 음반을 가지고 재즈 카페를 연 것이다. 신주쿠에서 20분 정도 전차를 타고 가면 나오는 고쿠분지 시에 열었는데, 카페 이름은 자신이 예전에 키웠던 고양이의 이름을 따서 '피터 캣'으로 지었다.

그 사이 무라카미 하루키는 방송국에 취직할 기회를 얻기도 했다. 그런데 그 방송이라고 하는 것이 일본의 트로트, 즉 '엔카' 방송이어서 입사를 포기했다. 대신 그냥 조용히 재즈 카페를 운영하면서 '재즈 카페 주인장'으로 살아가자고 마음먹었다. 그러면 적어도 아침부터 밤늦게까지 좋아하는 음악은 맘껏 들을 수 있으니까. 사회적으로도 취직은 권력에 굴복하는 것이라는 분위기가 대세여서 자영업에 대한 저항감도 없었다. '돈도 필요 없고 지위와 명예도 필요 없어. 그냥 기분 좋게 마이 페이스로 오블래디 오블라다 자유롭게 인생을 살면 되지……'라는 식으로 심플하게 생각했다. 훗날 독자와의 이메일을 통해 그는 이렇게 말한다.

"작은 가게라도 좋으니까, 나 혼자 일해도 상관없으니까 제대로 확실히 일다운 일을 하고 싶었어요. 내 손으로 직접 재료를 고르고, 내 손으로 음식을 만들고, 내 손으로 그것을 손님에게 제공할 수 있는 그런 일 말이죠. 그런데 생각해보니 내가 혼자 할 수 있는 일이라고 해봤자 재즈 카페 정도더라고요. 어쨌든 재즈를 참 좋아했고 재즈와 조금이라도 관련된 일을 정말 하고 싶었으니까요."

'피터 캣'은 시내 외곽인 데다가 지하에 있었지만 인테리어 하나만은 철저하게 했다. 무라카미 하루키가 직접 설계뿐만 아니라 마루 시공까지도 도맡아 했다. 가구도 앤티크 숍을 돌아다니면서 직접 골라 모았다. 그래서 테이블마다 가구가 달랐다. 가게의 한쪽 모서리는 피아노와 고양이를 모티브로 한 인테리어 소품들로 장식했다. 구석의 벽에는 대형 스크린을 설치하고, 마음이 내키면 마르크스 형제의 영화를 비밀리에 상영하기도 했다. 무엇보다도 느낌이 좋은 바 카운터를 놓았다. 당시의 자료 사진을 보면 깔끔하고 모던하다기보다는 손때가 묻은 듯한, 마음을 편안하게 해주는 '단골 바'의 인상이 강하다.

'피터 캣'으로 내려가는 계단에는 고양이 모양을 한 목제 간판이 있었는데 거기에는 '1950년대 재즈의 가게'라고 써 있었다. 1970년대인 그 시절에 1950년대 재즈를 튼다고 대놓고 말하는 것은 놀랄 만한 일이었다. 당시의 재즈 업계에서는 가장 최근 곡을 들어야 한다는 의식이 있었기 때문에 고집스럽게 과거의 음악을 튼다는 것은 손님들의 불평불만을 정면으로 받아들이겠다고 선언하는 것이나 다름없었던 것이다. 하지만 하루키는 '첨단에 대한 반발'이 있었고, 그의 성격답게 옛날 재즈에 대한 재평가를 하고자 했다.

낮에는 재즈 카페로 영업을 하던 '피터 캣'이 저녁이 되면 재즈 바로 변신했고 주말에는 라이브 밴드의 초청 공연이 열렸다. 재즈를 사랑하는 사람들이 하나둘 모여들어 밤새도록 음악 이야기로 꽃을 피웠다.

무라카미 하루키는 아르바이트를 하거나 '피터 캣'을 운영하기 위해 휴학을 한 탓에 대학을 무려 7년 동안 다니게 되었고, 대학 시절 후반기에는 '피터 캣' 때문에 하루하루가 너무 바빠서 사실상 학교를 거의 다니지 못했다. 대신 아침 11시부터 밤 12시까지 13시간 중 매일 10시간 이상을 재즈의 선율을 들으며 '피터 캣'에서 살다시피 했다. 영화 〈사랑도 리콜이 되나요〉에 나오는 중고 레코드 가게의 젊은 주인 존 큐잭John Cusack의 생활을 보면 재즈 카페 주인장 시절 자신의 모습이 생각난다고 무라카미 하루키는 말한다.

한편, '재즈 카페 주인장'으로 산다는 것은 언뜻 낭만적으로 보일지 모르지만 현실적으로는 블루칼라에 버금가는 고된 노동이 요구되었다. 그는 자는 것 말고는 아무것도 할 수 없을 정도로 육체노동에 시달렸고, 은행이나 장인에게 진 빚을 하루빨리 갚아야 했기 때문에 다른 것을 여유롭게 생각할 겨를이 없었다. 매일 밤늦게까지 일했을 뿐만 아니라 담배 연기와 위스키에 절어 지내야만 했다. 어디 그뿐인가. 술주정뱅이들이 남긴 오물을 치워야 했으며, 취객들을 쫓아 보내고 아침부터 식재료 등을 사러 다녀야 했다. 창문도 없는 어두컴컴한 지하의 작은 공간에서 무라카미 하루키는 재즈 음반을 틀고, 피터 캣의 특식인 양배추롤과 음료를 만들고, 그릇을 닦았다.

저녁 늦게까지 나쁜 공기 속에서 일하다 보면 뭔가를 차분히 생각할 여유가 생길 수 없었다. 곁에서 보이는 것처럼 만만

한 일이 결코 아니었다. 더더군다나 사람들의 부러움을 살 만한 직업도 아니었다. 7년간 재즈 카페를 운영하면서 깊이 깨달은 것은 역시 '밥을 벌어먹고 살아간다는 것은 보통 일이 아니다'라는 사실이었다. 게다가 오픈 초기에는 계속 가난에 허덕였고, 갚아야 할 빚도 태산이었다. 한번은 매달 정해진 빚을 꼬박꼬박 갚아야 할 날짜가 다가왔는데 아무리 세어 봐도 3만 엔이 비었다. 상심한 채 길바닥에 멍하니 서 있던 무라카미 부부에게 농담처럼 어디선가 바람에 밀려 1만 엔짜리 지폐 세 장이 날아왔다. 그 돈으로 겨우 그 달의 빚을 갚았다. 정말 거짓말 같은 실화다.

무라카미 하루키는 바쁘게 묵묵히 움직이며 해야 할 일을 성실히 해나가긴 했지만 결코 영업 마인드로 무장한 넉살 좋은 타입은 아니었다. 손님을 상대하며 친근하게 대화를 나누기보다는 손님들이 주인을 '반사회적'이라고 비아냥거릴 정도로 바 카운터 안에서 과묵하게 미국 소설책만 읽고 있었다고 사람들은 기억한다.

당시의 '피터 캣'에는 우연히도 문단 관계자들이 참 많이 방문했다. 한데 세 명의 손님이 함께 와서 누군가 한 사람이 먼저 자리를 뜨면 남은 두 명은 먼저 간 그 사람에 대해 바로 욕을 했다고 한다. 문단 관계자들의 그런 모습을 일상적으로 목격했던 무라카미 하루키는 '오호, 이 업계는 정말 무서운 곳이구나. 절대 상종해선 안 되겠어'라고 속으로 생각했을 것이다. 물론 당시는 자신이 훗날 소설가가 될 것이라고는 꿈에도 생각하지 못했던 때라 그저 혀를 차며 듣기 싫다는 내색을 하곤 재즈 음악의 볼륨을 한껏 높이지 않았을까. 또 척척 주문을 받아 칵테일을 만들어 내주고, 자신은 읽던 책을 마저 읽었을 것이다. 손님들과의 자연스러운 대화는 쾌활한 성격이었던 아내 요코가 맡았다. 무뚝뚝한 남편 무라카미 하루키를 대신했던 것이다.

하루키의 에세이에 일러스트를 주로 그렸던 안자이 미즈마루는, 몇몇 여성 편집자들이 자신을 처음으로 '피터 캣'에 데려간 날을 다음과 같이 회상한다. 바 카운터 안에서 입을 꾹 다문 채 묵묵히 일하는, 다소 언짢은 듯한 모양의 일자 눈썹을 가진 젊은이를 보았을 때 '아, 이 사람이 말로만 듣던 그 무라카미 하루키구나' 하고 대번에 알아차렸다고 한다. 하루키는 투덜댈 것 같은 인상에 불친절해 보이긴 했지만 동안이었다고 한다.

무라카미 하루키의 운영 마인드는 이랬다. 열 명의 새로운 손님이 왔는데, 그중 단 한 명이라도 자신의 가게가 마음에 들어 다시 찾으면 그것으로 족했다. 자신의 인상만큼이나 손님에 대한 태도에도 고집이 담겨 있었던 것이다. 오는 손님들 모두에게 신경을 써가며 잘 보이려고 애쓸 필요 없다고 생각했다. 대신 다시 돌아온 그 한 명의 손님은 정말 소중히 여길 것, 이것이야말로 올바른 가게 주인의 마인드라고 강조한다. 또한 이는 비단 '재즈 카페가 나아가야 할 올바른 길'일 뿐만 아니라, 인생 전반에 고루 적용되는 법칙이라고 그는 덧붙인다. 한마디로, 만인에게 사랑받길 원한다면 그 누구로부터도 진정으로 사랑받을 수가 없다는 것이다!

무라카미 하루키의 이러한 사사롭지만 매우 중요한 개인 철학과 자유주의적이면서도 고집불통이고 심술대마왕 같은 캐릭터는 당시 한 재즈 동호지에 게재된 재즈 카페 소개란의 '재즈 업계에 당부하고 싶은 한마디'라는 인터뷰에서 또 한 번 여실히 드러난다.

"당부하고 싶은 것? 그런 것 따윈 없어요. 듣는 사람들이 저마다 알아서 내키는 대로 재즈를 들으면 되는 거죠."

재즈 동호지 〈재즈랜드〉 1975년 8월 1일 자에 게재된 '재즈 카페 주인이 되기 위한 18개의 질문과 대답'이라는 인터뷰에서도 무라카미 하루키의 답변은 가관이다. 그때부터 이미 예사롭지 않은 인물이란 걸 짐작할 수가 있다. 질문 중 몇 개를 인용해본다.

질문자 재즈 카페를 여는 데 가장 필요한 주인의 자질은 무엇인가요?

하루키 두려움을 모르는 행동력입니다.

질문자 그럼, 가장 불필요한 것은?

하루키 지성입니다.

질문자 현재 카페 주인이면서 대학생이시기도 한데, 역시 대학은 졸업하는 게 좋겠죠?

하루키 경험에서 말하자면, 대학 졸업장은 메뉴판으로 만들어 쓰기에 딱입니다.

질문자 좋아하는 여자가 생긴다면 재즈 카페 주인인 경우, 유부남이 더 이득을 보나요? 아니면 독신인 편이 낫습니까?

하루키 당신 질문의 핵심을 잘 모르겠지만 재즈 카페 주인이라고 해서 득을 보는 건 그 무엇 하나 없습니다.

질문자 실은 재즈 카페 주인은 여자들한테 인기가 많다는 얘기를 들어서요. 그게 사실이라면 여자 손님들에게 수작을 부려도 될까요?

하루키 한마디로 쓸데없는 노력입니다.

질문자 재즈 카페를 시작하는 데 재즈 음반은 최소 몇 장이 필요할까요?

하루키 배짱만 있다면 15장만 가지고도 충분하답니다.

질문자 손님들이 불평불만을 말할 때는 없습니까?

하루키 물론 있지요. 불평하는 사람들은 언제나 있지만 신경 쓰지 않으면 그만입니다. 주인의 가게니까, 하고 싶은 대로 하면 되죠. 돈을 버는 것도 적자를 내는 것도 주인이니까.

질문자 손님 가운데 취객도 있겠군요. 손님들이 취해서 난동을 부린다면 어떻게 하시겠습니까?

하루키 〈바운티 호의 반란〉이라는 옛날 영화가 있지요. 이 단자들을 모두 배 밖으로 쫓아내버렸죠, 아마.

질문자 재즈 평론가들을 개인적으로 좀 알아서 하루키 씨에게 음반 해설을 부탁한다거나, 콘서트 티켓을 공짜로 얻는다면 어떨까요?

하루키 그들에게는 홍보용 음반을 얻는 것 정도가 가장 현명합니다. 참고로 러시아혁명 때도 평론가가 가장 먼저 총살당했다고 합니다.

질문자 재즈 카페 주인이라는 직업은 평생 할 만한 가치가 있나요?

하루키 고양이에게 캣푸드는 평생 먹을 만한 가치가 있는 것일까요? 거참, 어려운 문제군요.

질문자 저로서는 재즈 카페라는 곳이 젊음의 이정표 같은 느낌이 드는데, 틀렸나요?

하루키 틀리진 않지만, 확실히 과장되긴 했군요.

질문자 그렇다면 재즈 카페란 대관절 뭐란 말입니까?

하루키 재즈를 공급하는 장소입니다. 그렇다면 재즈란 무엇인가? 나는 인생에서 가치 있는 것 가운데 하나라고 생각합니다. 방대한 시간의 흐름 속에서 우리들의 인생에 어떤 바람이 빛나거나, 어떤 바람이 불타오른다는 느낌을 재즈에 푹 빠져 있을 때 발견해내는 듯합니다.

질문자 당신이 방금 말한 그런 사고방식이야말로 과장된 것이 아닌가요?

하루키 아닙니다. 말한 그대로입니다. 제가 말씀드리고 싶은 것은 적어도 재즈 카페 주인에게 그런 마음가짐이 없다면 끝장이라는 것입니다.

이토록 애교 없는 주인장이었지만 '피터 캣'은 재즈 팬들 사이에서 평판이 아주 좋았다.

무라카미 하루키는 '피터 캣'을 고쿠분지에서 도쿄 시내인 센다가야로 한 번 이전한 적이 있다. 그는 원래부터 이사를 광적으로 좋아했는데, 가게를 이전하는 일은 또 다른 쾌감이 있었다고 이야기한다.

가게를 열면 다양한 손님이 온다. 그리고 그중 10분의 1 정도의 확률로 단골손님도 하나둘씩 생긴다. 다행히 가게는 시간이 어느 정도 지나면 안정 궤도에 접어들어 주인 입장에서는 한시름 놓을 수 있다. 하지만 바로 그 시점에서 무라카미 하루키의 본색이 드러나기 시작한다. 매일의 일상에서는 규칙이나 평상심을 중요시하는 그도 일관된 안정성을 못 견뎌하는 것이다. 무라카미 하루키에게 장기적인 안정 궤도는 지루하고 재미없었다.

어느 정도 가게가 안정도 되고, 단골손님들의 반갑고 낯익은 얼굴이 서서히 지겨워질(?) 무렵, 불쑥 주인이 던질 수 있는 다음의 한마디를 그는 미치도록 사랑한다.

"이거, 어쩌죠? 정말 죄송하게 되었네요. 실은 저희 곧 이사 간답니다."

무라카미 하루키는 바로 이런 말이 주는 쾌감을 좋아한다. '에잇, 다시 시작하지 뭐' 하는 느낌은 중독성이 너무 강하다고 강조한다. 기존에 쌓아 올린 것을 다 엎어버리고 제로에서 다시 새로 시작하는 쾌감을 한번 체득하면 그 중독성을 떨치기가 어렵다는 것이다. 그렇다고 이사한 가게로 단골손님이 졸졸 같이 따라와서 장사를 도와주는 것도 달가워하지 않았다.

"저도 심기일전해서 새로운 곳에서 새롭게 시작할 테니까 여러분도 심기일전해서 힘내주십시오"라나 뭐라나.

소설은 잊어버리자

자신이 그토록 좋아하던 가게 이전도 무사히 끝내고, 덤으로 웬일인지 심드렁한 주인장의 영업 태도에도 불구하고 '피터 캣'은 하루가 다르게 번성했다. 물론 장사가 잘되는 건 결코 나쁜 일이 아니었다. 아니, 초반기에 헐떡거리며 빚을 갚아가면서 힘겹게 살림을 꾸리던 것에 비해서는 어떻게 보면 고민도 아니다.

그런데 어느 날부터 뭔가 맘에 안 든다는 생각이 들었다. '왜 이런 기분이 드는 걸까?' 그 이유에 대해 곰곰이 생각해보니 그동안 자신이 소설을 그저 읽기만 하는 독자였다는 사실에 불쾌함을 느끼고 있었던 것이다. 그런 기분이 들 거라고는 미처 예상하지 못했다. 원래부터 작가가 될 생각도 없었고, 시나리오 작가의 꿈도 포기한 지 오래되었으니까. 그저 내키는 대로 책만 읽고 지낼 수 있으면 그걸로 된 거라고 생각했는데…….

마음은 가라앉을 기미를 안 보였다. 다시 생각해봐도 이미 많은 책을 읽은 터라 독서 수준이, 글을 보는 안목이 너무 높아져서 자신의 실력을 그런 눈높이에 맞출 수 없을 것 같았다. 적어도 스스로에게 거짓말을 할 수는 없었다. 그리고 엄살 같지만, 주인장은 제대로 문장 수업을 받은 적도 없었고 옆에서 '한번 써보라'고 격려하는 동료나 스승도 없었다. '그래, 괜한 생각이야. 내가 글을 쓸 수 있을 리가 없어. 영업 개시하기 전에 어서 양배추롤이라도 한 바가지 더 만들어 놔야겠다.'

그러나 포레스트 검프 청년이 말하듯, 인생이란 늘 초콜릿 상자와도 같아서 바로 코앞에 어떤 일이 닥칠지 아무도 모르는 법이다. 무라카미 하루키도 결국 박스를 열고 자신의 초콜릿을 뽑아 들게 되었다.

1978년 4월 어느 화창하게 갠 오후, 스물아홉의 하루키는 가게 일을 쉬고 메이지진구 야구 경기장을 찾았다. 센트럴리그 개막 시합에서 야쿠르트 스왈로스와 한신의 경기를 관람하고 있었다. 진구 구장 가까이에 살던 하루키는 야쿠르트의 팬이어서 대낮부터 곧잘 시합을 보러 가곤 했다. 그는 셀 수 없을 정도로 야구장을 자주 찾은 열성 야구팬이다. 그날의 야구 게임을 멍하니 바라보는 도중, 하늘이 내린 계시처럼 '그래, 뭐가 뭔지는 나도 잘 모르겠지만 소설을 한번 써보자'라고 결심했다.

"돌이켜보면 그 감정은 순간 극심한 사랑에 빠졌을 때와 비슷했죠. 감전이 된 것처럼 등으로 전해오는 찌릿한 느낌은 숙명적인 사랑의 감정, 그 자체였어요."

무라카미 하루키는 그날의 진구 구장 외야석에서 이미 마음속으로는 작가가 되어버렸다.

그는 야구장을 빠져나와 신들린 것처럼 바로 신주쿠에 있는 기노쿠니야 서점에 가서 5천 엔짜리 만년필을 샀다. 집에 돌아온 하루키는 새로 산 만년필을 만지작거리며 먼저 소설을 쓰기 위한 자신만의 몇 가지 원칙을 세웠다.

첫째, 익숙하지 않은 것을 처음 시도하는 것이므로 그리 어렵게 고민하지 않는다. 둘째, 글은 일인칭으로 쓰고 주인공은 '나'로 정한다. 셋째, 되도록 허구를 쓴다. 넷째, 문장은 최소한 세 번 이상 고쳐 쓴다. 그리고 나서 마지막으로 자기변명은 절대 하지 않는다.

일단 크게 한숨을 쉬고 난 뒤, 첫 20~30쪽가량을 타자기로 썼다(새로 산 비싼 만년필은 어쩌고!). 그동안 대부분 미국 소설만 읽어온 그로서는 글에 대한 감각을 고스란히 그리고 적확하게 표현하기에는 오히려 영어로 첫 테이프를 끊는 것이 더 쉽게 느껴졌던 모양이다. 시작을 영어로 일단 끊어놓은 다음, 무라카미 하루키는 이제 그 영어 원고를 일본어로 번역해서 원고지에 쓰기 시작했다.

사실 재즈 카페 주인장의 하루는 너무나 바쁘다. 아침 9시 반에 일어나 일터로 가서 오후 2시까지 런치 타임을 치르고 잠시 아파트로 돌아와 낮잠을 자고 난 후 또 가게에 나가서 저녁 타임 준비를 해야만 한다. 자정까지 손님 상대를 한 후, 새벽에는 뒷정리를 하고 그제야 겨우 식사를 한다. 큰마음을 먹고 시작한 소설 쓰기를 계속하기란 결코 쉽지 않았다. 하지만 하루키는 가게 문을 닫고 난 뒤, 아내 요코 몰래 새벽의 어두운 바 카운터에서 하루에 30분이라도 짬을 내서 글을 썼다. 세상의 수많은 작가 지망생이 잠을 쪼개가며 부엌 테이블에서 글을 썼던 것처럼 말이다.

이렇게 물리적으로 시간도 부족하고 남몰래 도둑고양이처럼 숨어서 짬짬이 쓰다 보니, 하루키가 쓰는 문장들은 호흡이 짧을 수밖에 없었다. 어쩌면 가장 마지막으로 썼던 시나리오 때문에 그럴 수도 있었다. 그러나 하루키는 아랑곳하지 않고 계속 써내려갔다. 초고를 완성한 다음에는 처음에 스스로와 약속한 대로, 최소한 세 번 이상 다시 고쳐 썼다. 자신의 글에 대해 부끄러운 감정을 느끼고 싶지 않아 정말 필사적으로 고치고 또 고쳤다. 그렇게 반년에 걸쳐서 어렵사리 탈고한 글이 바로 무라카미 하루키의 처녀작 『바람의 노래를 들어라』였다.

그로부터 3년 후, 무라카미 하루키는 한 문예지와의 인터뷰에서 당시의 심정을 이렇게 토로한다.

"소설을 쓰게 된 동기는 내 마음을 정리하기 위해서였어요. 조금 과장해서 말하자면 '청춘과의 결별' 같은 것이었죠. 한번 써보고 다시 한 번 고쳐 쓰고 그래도 마음에 안 들어서 수정을 거듭했지요. 내 마음을 가장 정직하게 표현할 수 있을 것 같아서 소설이라는 형식을 선택하게 되었습니다. 막상 다 쓰고 나니, 내가 쓰기 전과는 사뭇 다른 장소에 놓인 듯했습니다."

이처럼 힘들게 공들여 쓴 『바람의 노래를 들어라』였지만, 그 원고는 다 쓰자마자 바로 책상 서랍 속으로 직행하게 되었다. 뭔가에 홀린 듯 글을 썼고 또 난생처음 뭔가를 쓴 덕분에 어느 정도 가슴속의 응어리를 풀었지만, 그것은 아직도 혼

자만의 비밀이었고 아직 자신이 쓴 글에 대한 자신감을 가질 수가 없었다. 저자가 자신이 쓴 것에 대해 납득하는 것과 그 작품을 타인이 냉철한 객관성으로 납득하는 것은 완전히 별 개의 문제라고 생각하기도 했다.

하지만 다 쓴 글이 책상 서랍에 과묵하게 들어가 있다면 누군들 마음이 무겁지 않을까? 무라카미 하루키 역시 마찬가지였다. 그렇다고 버릴 수도 없었다. 어떤 마음으로 쓴 것인데.

이러지도 저러지도 못하던 이 소설을 놓고 그는 골똘히 고민했다. 그리고 몇 가지 선택 사항 중에서 문예지의 신인상 공모에 넣어보는 것이 가장 좋겠다는 결론을 내렸다.

그것은 실질적으로 버리는 것과 다름없었다. 하지만 이왕 버릴 것, 그렇다면 그 전에 확실히 이것이 '버리기에 합당한 글'인지 검증할 수는 있었다. 곧바로 동네의 메이지야 책방에 가서 문예지를 몇 권 훑어보았다. 몇 개의 문예지에서 신인상을 공모했는데 때마침 〈군조〉의 원고 매수와 마감 기일이 자신의 상황에 가장 딱 들어맞았다. 그래서 책상 서랍에 있던 원고 뭉치를 꺼내 우체국에 가지고 갔다. 비가 오는 을씨년스러운 오후였다. 우비를 입고 원고 뭉치를 우비 속으로 꼭꼭 숨긴 채 굳은 표정으로 처벅처벅 걸어가는 무라카미 하루키는 마치 이제부터 아주 몹쓸 짓을 하러 가는 범죄자처럼 보였을 것이다. 어쨌든 마음의 짐이었던 원고를 〈군조〉에 부쳤다. 한결 몸과 마음이 가뿐해지는 것 같았다.

굳어 있던 얼굴은 조금 풀렸지만, 기분이 싱숭생숭해서 하루키는 돌아오는 길에 혼자 커피숍 창가 자리에 앉아 잠시 휴식을 취했다. 그는 아직도 비가 내리는 창밖을 멍하니 내다보며 차를 마셨다. 마음이 가라앉는 듯하더니 적당히 감미로운 기분에 빠져들었다.

'아, 이제 이것으로 여러 가지 일들이 내 인생에서 끝나가는구나. 음, 이젠 좀 새로운 마음가짐으로 새 출발을 할 수 있으려나. 아마도 마음속 깊이 솟아오르던, 글을 쓰고 싶다는 욕망을 나름대로 다스리려고 했던 것이 아닐까? 그냥 평범한 재즈 카페 아저씨로 살아가자고 마음먹지 않았나. 왜 이런 부질없는 욕망이 나를 괴롭히는가. 왜 나는 그냥 나를 내버려두지 못하는 것일까, 왜 나는 그저 이 상태로 만족을 못하는가.'

아마도 이런 상념들이 그의 마음속에서 충돌을 일으키지 않았을까 싶다. 본질적으로 행복하지 않다고 느끼는 자기 자신을 만나는 일처럼 괴로운 일은 없으니까 말이다. '어쨌든, 이제는 됐다. 나로서는 할 만큼은 했다' 생각하고 그는 그날 이후로 소설에 대해서는 완전히 잊어버리기로 결심했다. 아니, 그렇지 않아도 자연스럽게 잊게 되었다. 말 그대로 그것은 이미 끝난 것이었으니까.

이야기의 시작

마치 청춘의 한 장章이 끝나듯이 무라카미 하루키는 자신의 첫 소설과 나름의 작별을 고하지만 이야기는 거기서 끝나지 않았다. 끝나기는커녕, 이제 막 시작하고 있었다.

어느 화창한 일요일 오후, 낮잠을 자던 무라카미 하루키를 깨우는 전화 한 통으로 그는 〈군조〉 신인문학상의 최종 후보자라는 사실을 알게 된다. 그리고 기적처럼 그는 난생처음 써본 소설로 신인상을 거머쥐게 된다.

"너무 기쁜 나머지 앞으로 또 어떻게 글을 써야 하나 같은 고민은 생각도 나지 않더군요. 그저 내가 애써 쓴 글이 수백 편의 작품 중에서 뽑혀 활자화된다는 그 단순한 사실이 기쁠 뿐이었죠. 이런 순수한 기쁨은 아마도 평생에 걸쳐 몇 번 경험할 수 없는 걸 거예요."

그때의 기쁨은 정말 강렬했던 것 같다. 그는 작가로 데뷔한 지 25년이 지난 후의 인터뷰에서도 이렇게 말한다.

"그건 하늘이 내린 축복이었어요. 그런 일이 실제로 나한테 일어났다는 것이 지금 생각해도 정말 신기해요. 25년이 지난 지금도 그때의 일은 기적처럼 느껴져요. 참 운이 좋았구나 싶고."

원래부터 소설가가 된다는 것을 너무나 꿈같은 일로 생각했던 터라, 무라카미 하루키는 그때 『바람의 노래를 들어라』로 신인상을 타지 못했다면 아마도 그 후 당연히 글을 쓸 일은 없었을 것이라고 말한다. 그리고 인생 자체가 완전히 다른 형태로 흘러갔을 것이라고.

〈군조〉 신인문학상 시상식의 당선 소감1979년 6월호은 그렇게 새롭게 찾아온 인생의 형태에 대한 그의 설렘을 수줍게 그리고 겸허하게 보여준다.

"학교를 졸업한 이후 거의 펜을 쥐어본 적이 없어서 처음에 문장을 쓸 때는 굉장히 많은 시간이 걸렸습니다. 피츠제럴드가 예전에 이야기한 '남과 다른 무언가를 전달하고 싶으면 남과 다른 언어로 말하라'는 문구로 저 자신을 지탱해가며 썼지만, 그것은 전혀 쉬운 일이 아니었습니다. '앞으로 마흔 살쯤 되면 조금은 괜찮은 글을 쓸 수 있겠지'라고 자신을 다독이며 글을 썼고 지금도 그렇게 생각하고 있습니다. 상을 탄 것은 매우 기쁘지만, 형식에만 집착하고 싶지는 않습니다. 또 그래야 하는 나이도 아니라고 생각합니다."

무라카미 하루키는 한 사람의 준비된 신인 작가이기 전에 재즈 카페 주인장의 입장을 잃지 않으려고 노력했다. 그래서 속으로는 아무리 소설을 쓸 수 있게 되었다는 사실에 기뻤어도, 그 마음을 손님들 앞에서 대놓고 드러내지 않으려고 조심하고 또 조심했다. 하루키는 장사 철학, 즉 서비스를 제공해서 남의 돈을 받는 행위에 대해서는 그 누구보다도 엄격한 면이 있어서 손님을 기쁘게 해주어야 하는 자신의 임무를 잊지 않으려고 애썼다. 주인이 기뻐하는 모습을 손님들에게 쉽게 보이는 것은 장사하는 사람의 자세가 아니라고 믿었다.

신인문학상 수상 후, 〈주간아사히〉 기자가 '피터 캣'을 찾아와서 인터뷰할 때도 그는 이렇게 신신당부했다고 한다.

"신문에 수상작 이야기가 나오다 보니 제가 소설을 쓴 사실을 본의 아니게 손님들도 알게 되었지만, 가게 이름만은 제발 기사에 내보내지 말아주세요. 가게를 소중히 지켜나가고 싶을뿐더러 저라는 인간에게 괜한 호기심을 가지고 찾아오는 것도 곤혹스럽거든요."

그러나 이런 그의 진솔한 배려에도 불구하고, 하루키는 꽤나 불쾌한 일들을 겪는다. 일부 손님들은 대놓고 "별것 아닌 걸 써놓고 들떠서 좋아하기는……" 또는 "그딴 게 소설이냐"는 식의 말로 무라카미 하루키에게 상처를 입혔다. 괴로웠지만 손님을 상대로 화를 내거나 대꾸를 할 수도 없었다. 반면에 일부러 소설에 대한 이야기를 피하는 좋은 손님들도 있었다. 칭찬도 하지 않고 그렇다고 욕하지도 않는 그런 마음 씀씀이가 참 고마웠다.

모든 상황을 긍정적으로 본다면 무라카미 하루키의 입장에서는 불쾌한 일을 겪고 나서 머리가 한결 냉철해졌다고도 할 수 있었다. 이 세상에는 자신의 소설을 한심하게 생각하는 사람들이 상상 외로 많이 있다는 사실도 알게 되었다. 또한 신인일 때도 이러니, 앞으로는 더욱더 힘들어질 수 있다는 것도 짐작할 수 있었다. 그래서 이 일은 마음가짐을 단단히 하는 계기가 되었다.

무라카미 하루키는 '소설 하나 쓰더니만 건방져져서 가게 일을 소홀히 한다'는 말은 결코 듣고 싶지 않았다. 그래서 '피터 캣'을 예전보다 더 열심히 운영했을 뿐만 아니라 틈날 때마다 이를 악물고 다음 소설 『1973년의 핀볼』의 집필에 매진했다.

'피터 캣'을 계속 운영하게 된 데는 담당 편집자의 충고도 한 몫을 했다. 그녀는 작가로 성공적인 데뷔를 했어도, 최소 2년은 하던 일을 놓지 않는 편이 낫다고 충고했다. 현실 생활과의 접점을 갖지 않으면 아무래도 문장들이 튕겨나가기 쉽고, 그렇게 한번 제대로 정착하지 못한 문장을 재정립하기란 정말 힘들다는 것이다. 하루키는 그녀의 조언이 정말 옳았다는 것을 얼마 지나지 않아 깨닫게 되었다. 그리고 어언 2년의 세월이 흘러 그녀에게 다시 물어보았다.

"이젠 좀 제대로 된 장편을 쓰고 싶은데 괜찮을까요?"

그녀는 미소 지으며 흔쾌히 응원했다.

"지금 정도면 딱 좋은 타이밍이네요."

격려를 받은 무라카미 하루키는 이윽고 첫 장편소설 『양을 쫓는 모험』을 쓰기 시작하면서 과감히 오랜 보금자리 '피터 캣'을 친구에게 양도하고 전업 작가로 돌아섰다. '피터 캣'을 정리했을 때의 심경은 복잡했을 것이다. 하지만 그는 알고 있었다. '피터 캣'에서 보낸 7년간의 세월과 노동이 있었기에 자신이 소설을 쓸 수 있었다는 사실을.

하루키의 오랜 친구인 사진가 마쓰무라 에이조도 한마디 덧붙인다.

"하루키는 늘 입버릇처럼 말하곤 했죠. '피터 캣'에서 지낸 긴 시간이 그에게 차분히 관찰할 시간을, 그리고 그곳에서의 힘든 육체노동이 도덕적인 기반을 가져다주었다고요."

노동은 무라카미 하루키에게 최선의 교사이자 진정한 대학이었던 셈이다.

〈군조〉 신인문학상의 심사 위원 요시유키 준노스케의 심사평은 그의 정직하고 단단한 감각을 정확히 읽어낸 듯하다.

"경쾌한 느낌 사이로는 내면을 향한 눈이 있고, 주인공은 그러한 눈으로 밖을 무심한 듯 바라본다. 그 점이 압권으로 느껴지는 엄숙한 작품이다. 그러나 이것은 단순한 작품이 아니라 저자의 심지 있는 인간성도 더해져 있다고 생각한다. 나는 그 부분을 무엇보다도 높이 평가한다."

멀리까지 여행하는 방

작가의 현장

자, 이제 무엇을 써야 할까

큰마음을 먹고 시작한 전업 작가 생활. 이제는 글 하나로 먹고살아야만 했다. 서른두 살이 되던 1981년에 무라카미 하루키는 새로운 생활을 시작하기 위해 아내와 함께 조용한 바닷가 마을인 후바나시로 이사 간다. 그리고 하루 일과를 매우 단순하게 바꾸어나간다. 아침 6시에 일어나서 글을 쓰고, 정기적으로 운동을 해서 체력을 키우고, 오후에는 아내와 함께 채소밭을 가꾸고, 저녁 식사 후에는 클래식 음악을 듣고, 밤 10시면 잠자리에 드는 간소한 생활. 하루 세 갑씩 피우던 담배도 독하게 끊었다.

이토록 건강하고 건전한 라이프 스타일을 실행에 옮긴 것은, 무엇보다도 기존 일본 작가들의 생활 방식과 상반되는 스타일을 추구하고 싶었기 때문이다. 일하는 방식에서도 그는 젊은 신진 작가답게 청개구리처럼 정반대의 길을 걸었다. 가뜩이나 재즈 카페 시절부터 '뒷말 릴레이'로 좋지 않은 인상을 받았던 일본 문단과는 아예 담을 쌓고 지내는가 하면 집필 의뢰를 받아 소설 쓰는 일을 거부했다. 하루키의 이런 행동은 결코 치기 어린 반항이 아니었으며, 일부러 튀려고 그랬던 것은 더더욱 아니었다. 아니, 그보다 어떤 의미에선 너무나 필사적이었다. 자기만의 글 스타일을 개발하고 그것을 지켜나가려면 기존에 정착된 모든 것으로부터 자유롭지 않으면 안 된다고 생각했다.

실제로 전업 작가로서 그가 원했던 변화는 착실히 진행되고 있었다. 우선 문장의 호흡이 더 길어졌다. 재즈 카페 시절에 집필한 『바람의 노래를 들어라』와 『1973년의 핀볼』은 문체 중심으로 쓰인 글이었기 때문에 시나리오처럼 글의 호흡이 짧았다. 하지만 장편소설을 준비하면서는 스토리 중심으로 써야 했기 때문에 긴 호흡을 유지하면서도 힘이 느껴질 수 있게 노력했다. '피터 캣' 시절 자주 카페에 놀러 왔던 무라카미 류가 쓴 장편소설 『코인로커 베이비스』는 좋은 의미에서 자극제가 되었다.

이렇게 심기일전한 그는 판타지 요소가 가득한 첫 장편소설 『양을 쫓는 모험』을 성공적으로 선보이며 수많은 마니아를 확보하기에 이른다. 또한 쉴 새 없이 단편소설을 쓰기도 했고 다른 작가들과 함께 다양한 공동 저서를 펴내기도 했다.

또 좋아하는 미국 작가들, 특히 피츠제럴드나 레이먼드 카버의 작품을 의욕적으로 번역했다. 여느 작가들처럼 소설 한 권 내고 몇 년 쉬다가 '어디 한번 또 써볼까' 하는 식이 아니라 끊임없이 트레이닝을 하듯 다양한 장르의 글쓰기에 두려움 없이 도전했다.

『세계의 끝과 하드보일드 원더랜드』는 무라카미 하루키의 장편 중에서도 단연 힘이 넘치는 소설이다. 『태엽 감는 새』와 더불어 무라카미 하루키가 힘들게 썼다고 고백하는 작품이기도 하다. (판타지 요소가 있는 그의 장편 중에서 내가 개인적으로 가장 좋아하는 작품이다.)

『태엽 감는 새』 집필에 5년이라는 세월이 꼬박 걸렸기 때문에 힘들었다면 『세계의 끝과 하드보일드 원더랜드』는 어쩌면 압도적인 스토리의 스케일 때문에 힘들지 않았을까 생각해본다. 마치 한여름 밤의 꿈같은 이야기니까 말이다. 게다가 이 작품은 겨우겨우 탈고한 이후에 아내 요코가 감수하고 나서 후반부를 완전히 새로 고쳐 써야만 했다. 정말이지 뼈를 깎는 고통과 인내심의 한계를 느낄 정도로 힘들었다고 한다.

너무 지친 나머지, 무라카미 하루키는 이 작품을 탈고한 다음에는 정반대로 아주 리얼하고, 아름다운 연애소설을 쓰기로 마음먹었다. 무리도 아니었다. 그토록 하드보일드한 소설을 쓴 다음에는 누구나 한번 독을 빼주고 깎인 뼈를 보들보들 추스르고 싶을 것이다. 사실 원래부터 리얼리즘 소설에는 그다지 관심이 없었지만, 그동안 판타지 요소를 지닌 작품을 줄곧 써온 탓에 자신도 100퍼센트 순수 리얼리즘 소설을 쓸 수 있다는 확신을 갖고 싶었다. 이번에는 조금 멀리, 이탈리아 로마로 거주지를 옮겨 그 계획을 실천했다. 첫 해외 거주였다.

로마에서도 하루 일과는 별로 다르지 않았다. 하루키는 여전히 아침 일찍 일어나서 하루 10시간 정도 그 '리얼한' 연애 소설을 촘촘히 써내려갔다. 말 그대로 한 시간가량 뛰고 밥 먹고 장 보면서 산책하는 것 외에는 하루 종일 글만 썼다. 글을 쓰는 동안에는 말 한마디 하지 않았다. 따분해진 아내 요코가 말을 걸어도 대꾸 한 번 안 했다고 한다. 아내는 그저 조용히 책을 읽거나 어학 공부를 하거나 멍하니 창밖 로마 거리의 풍경을 바라보며 지낼 수밖에 없었다. 그런 조용한 생활을 그다지 갑갑해하지 않는 스타일이었다니 다행이지만.

당시의 무라카미 하루키에게는 큰 두려움이 하나 있었다. 그것은 바로 자신의 대학 노트가 없어지는 것! 그때는 아직 컴퓨터가 일반적으로 보급되기 전이었기 때문에 하루키는 대학 노트에 집필을 했다. 글로 먹고사는 사람이라면 고개를 끄덕이고도 남을 것이다.

나도 이에 대한 강박증이 있어서 늘 작업실의 노트북을 도
난당하는 망상을 하곤 한다. 컴퓨터를 도난당하는 것은 괜찮
다. 하지만 그 안의 쓰다 만 글이 없어지는 것은 상상만 해도
끔찍하다. 그래서 하루하루의 작업량을 웹하드에 올려놓아
야 안심이 되고, 웹하드조차 완전히 신뢰하지 못해 중간중간
하드카피로 출력을 해야 직성이 풀릴 정도니까. 무라카미 하
루키도 역시 집에 불이 날까봐 무서웠고(집에 불이 나는 것보
다 대학 노트가 타버리는 것이 더 큰 공포였다) 이탈리아의 숱
한 좀도둑 때문에 집을 비울 때도 늘 가슴 한 켠이 묵직했다.

〈문예춘추〉 인터뷰에 실린 웃지 못할 에피소드를 하나 소
개해본다.

대학 노트 한 권에 그동안 쓴 모든 것이 담겨 있다는 그 절
대적인 상태에 문득 불안해진 하루키는 소설이 거의 완성되
어갈 무렵, 그 불안감을 없애기 위해 복사를 해두기로 마음먹
었다. 그래서 로마에 있는 한 복사 가게를 찾아갔다. 그런데
복사하는 도중 그만 노트 한 장, 정확히 말하면 노트의 45쪽
이 감쪽같이 사라져버렸다.

'에이, 고작 한 장 없어졌다고 그렇게 요란을 떨다니⋯⋯.'
복사 가게 여직원은 그래서 어쩌겠느냐는 식으로 어깨를 으

쏙거렸다. 하지만 그 한 장의 증발은 소설의 전후 내용에 완벽하게 영향을 미칠 수밖에 없다! 무라카미 하루키는 얼굴이 새하얗게 질려버렸다. 당황한 목소리로 복사 가게 여직원에게 어떻게 된 거냐고 물었다. 그녀는 태연하게 이렇게 말하며 이성을 잃은 하루키를 한심하다는 듯 쳐다보았다.

"글쎄요, 어딘가로 사라졌겠죠!"

그렇다고 물러날 하루키가 아니었다. 정황을 보아하니 분명히 원본 45쪽은 복사기 속 어딘가에 끼인 것 같았다. 다시 그 여직원에게 정중히 부탁했다. 제발 그것 좀 빼달라고. 하지만 서비스 의식이 부족한 이탈리아 사람인 그녀는 왜 그런 수고스러운 일을 굳이 해줘야 하는지 도무지 이해하지 못했다. 조금만 더 있으면 오히려 먼저 화를 낼 기세였다. 한마디로 귀찮아 죽겠다는 것이다. 하루키는 식은땀을 흘리며 거의 공황 상태에 빠졌다. 마지막으로 지푸라기라도 잡는 심정으로 겨우겨우 사정을 해서 문제의 복사기를 분해해 마침내 극적으로 그 45쪽을 찾아냈다고 한다.

"그때는 정말 미치는 줄 알았어요. 이탈리아는 정말 무서운 나라예요."

심하게 혼이 난 그는 복사를 도중에 멈추고 남은 분량은 로마 주재 JTB^{일본 여행사} 사무실에 가서 직접 복사를 했다.

어쨌든 우여곡절을 거쳐 대학 노트에 담긴 이야기는 빨강과 초록 콘트라스트의, 눈에 확 띄는 커버를 가진 두 권의 책으로 세상 빛을 보게 되었다. 그 책이 뭔지는 말하지 않아도 짐작할 수 있을 것이다.

자유롭고 고독한 일

　『노르웨이의 숲』은 정말 눈에 띄는 책이었다. 처음에는 그 표지 때문에 손이 갔다. 무라카미 부부의 아이디어로 디자인된 표지는 너무 강하고 단순해서 출판사에서 싫어했다고 한다. 하지만 뚜렷한 확신을 가지고 있던 무라카미 하루키는 그 디자인을 고집했고 결과적으로는 다들 고개를 갸우뚱했던 이 표지가 베스트셀러가 되는 데 한몫을 담당했다.

　『노르웨이의 숲』은 단순한 베스트셀러가 아니라 하나의 사회적 현상이 되었다. 젊은 사람들을 중심으로 불이 붙기 시작한『노르웨이의 숲』의 붐은 매스컴에 의해 그의 이름을 들어보지도 못했던 장년층에게 그리고 소설은 읽지도 않는 보통 사람들에게까지 퍼져 나갔다. 사람들은 누구 할 것 없이 "그 빨간색 초록색 책 읽어봤어?"라고 서로에게 묻기 시작했고, 웬만한 집에 한 권씩은 구비해 놓는 책이 되어버렸다.

　사실 출간 당시 무라카미 하루키는 대략 20만 부 정도 팔릴 것으로 예상했다. 『바람의 노래를 들어라』와 『1973년의 핀볼』은 각각 10만 부 정도 팔렸고 『양을 쫓는 모험』과 『세계의 끝과 하드보일드 원더랜드』는 그보다 조금 더 많은 15만 부 정도가 팔렸기 때문이다. 그래서 가장 최근작을 15만 부 정도 팔았다면, 이번 작품은 조금 더 대중적이고 읽기 쉬운 연애소설이기 때문에 20만 부 정도는 팔릴 것이라 단순히 기대했다. 그래서 처음 판매고가 20만 부를 넘었을 때 '아, 정말 다행이다. 할당량을 다했구나'라고, 적어도 출판사에 민폐는 안 끼쳤다고 안도하고 있는데 어느 순간 판매고가 40만 부, 50만 부를 넘으니 내심 놀랄 수밖에 없었다. 그러다가 100만 부가 훌쩍 넘어버렸고 이때부터 무라카미 하루키는 슬슬 당황하기 시작했다. '왜 그렇게 많은 사람들이 내 책을 읽는 거지?' 그리고 150만 부를 넘기면서부터 '에라 모르겠다, 읽고 싶어 하는 사람들이 읽겠다는데 무슨 상관이야?'라고 마음을 고쳐먹었다고 한다.

그 과정에서 보인 독자 편지의 변천 유형도 흥미로웠다. 첫 20만 부가 팔릴 때까지 온 편지들은 기본적으로 호의적이고 공감을 표현하는 내용이 많았다. 대체로 이런 내용이었다.

"베스트셀러라니까 반발심에 안 읽고 있었는데 막상 읽으니까 참 재미있네요."

그런데 참으로 불가사의한 것은 책이 20만 부에서 100만 부쯤 팔릴 때의 독자 편지 내용이 가장 비판적이었다는 사실이다. 비판의 내용도 천차만별이었다. 왜 나를 모델로 해서 소설을 썼느냐, 당신 소설 속의 주인공은 내가 개인적으로 아주 잘 아는 사람이다, 나도 그 (정신)병원에 입원하고 싶으니까 제발 좀 어디인지 알려달라, 혹은 이런 외설스러운 섹스 장면을 묘사하고는 사회적으로 낯짝을 어디 들고 다닐 수 있겠느냐 등등.

그 와중에 젊은 여성들로부터 흐뭇한 격려 편지를 받기도 했다.

"『노르웨이의 숲』에 나오는 섹스 장면을 읽으면서 처음에는 당황했어요. 하지만 계속 읽어 내려가는 동안 당신이 진심을 다해 성실하게 썼다는 것을 알 수 있었어요. 전혀 저질스럽지 않아서 좋은 마음으로 읽을 수 있었답니다."

무라카미 하루키는 이런 유형의 편지를 받고 정말 고마워했다. 사실 『노르웨이의 숲』 속의 다양하고 세밀한 섹스 묘사 때문에 말들이 무척 많았던 것이다. "당신의 책을 읽고 나서 섹스가 하고 싶어졌어요" 같은 애교 섞인(?) 항의를 포함해서 말이다. 한번은 이런 일도 있었다. 한 20대 여성이 『노르웨이의 숲』을 밤새 읽고 난 후, 갑자기 남자 친구가 너무 보고 싫어져서 새벽 5시에 남자 친구의 아파트로 고양이처럼 기어들어가 곤히 잠자는 남자 친구를 흔들어 깨운 후 막무가내로 사랑을 나누었다는 편지를 보냈다. 그 편지를 읽고 난 무라카미 하루키는 아무것도 모르고 당한(?) 남자 친구에게는 조금 미안했지만, 무척 행복한 감정을 느꼈다.

스스로 만족스러운 작품 그리고 전업 작가 10년 만의 초대박 베스트셀러. 그해 최고의 화제로 떠오른 무라카미 하루키였지만, 얻은 게 있었다면 잃은 것도 있게 마련이었다. 유명세는 그를 고독하게 만들었다. 〈문예춘추〉와의 인터뷰를 통해 하루키는 당시의 쓰라림을 이렇게 회상했다.

"유명세 때문에 몇 안 되던 친구들마저 잃었죠. 적어도 그 몇 안 되는 진솔한 인간관계를 매우 중요하게 지켜왔는데……. 내가 변했다고 생각한 것 같아요. 마치 모든 사람이 나를 증오하는 것 같았어요. 내 인생 중 가장 불행했던 시절이죠."

『노르웨이의 숲』이 밀리언셀러가 된 이후, 왠지 자신이 사람들로부터 미움을 받고 있다는 망상이 들기 시작했다. 피로하고 혼란스러웠다. 그때까지 아무 거리낌 없이 자연스럽게 만났던 사람들이 뚜렷한 이유도 없이 멀어졌을 뿐만 아니라 분위기도 어색해졌다. 또 어떤 사람들은 대놓고 배신을 하기도 했고, 또 어떤 사람들은 냄새를 맡고 하이에나처럼 몰려들기도 했다. 물론 언제 그랬느냐는 식으로 용건을 마치면 금세 달아나버렸지만. 그런 인간관계의 비틀린 변질은 곧디곧은 성격의 소유자 무라카미 하루키가 감당하기 힘든 것이었다.

인간관계의 무상함은 물론이요, 책이 베스트셀러가 된 다음 돈에 대해서도 진지하게 생각하게 되었다. 돈에 휘둘려도 안 되지만 돈을 결코 무시해서도 안 된다는 것을 배웠다. 왜냐하면 베스트셀러의 인세로 들어온 어느 정도의 거금은 그 이후 그의 작품 중 가장 긴 세 권짜리 장편 『태엽 감는 새』를 5년간에 걸쳐 쓸 수 있게 해준 귀중한 자양분이 되었기 때문이다.

그런 의미에서 장편을 중심으로 쓰는 소설가에게 돈이 얼마나 중요한지 깨달았다. 당장 먹고살 돈이 없으면 연재 위주로 돈 받고 글을 납품할 수밖에 없으니까. 무라카미 하루키는 결코 그 방법만은 택하고 싶지 않았다. 친구를 잃었지만 돈을 얻음으로써 공평해진 것일까? 물론 돈으로 잃어버린 우정을 다시 살 수는 없었다. 하지만 돈으로 최소한의 자유와 시간을 살 수 있다는 것을 알게 되었다. 그리고 다른 것을 잃고 돈이

생겼으니, 그렇다면 과감하게 자유와 시간을 사버리자고 결심
했다.

우선 그 돈으로 일본을 벗어나기로 했다. 대가는 충분히
치렀다. 어쨌든 일본에 남아서는 도저히 글을 쓸 수가 없었
다. 〈광고비평〉과의 인터뷰에서 그는 말한다.

"난 웬만해서 좌절하거나 사는 게 싫어지거나 하지 않는 타
입인데 『노르웨이의 숲』이 그렇게 많이 팔린 다음에는 정말이지
만사가 다 싫어졌습니다. 사는 것도 싫어졌지요. 글 중독인 내가
아무것도 쓸 수 없게 되었을 정도로 말입니다."

엄살이 아니라 실제로 '노르웨이의 숲 증후군(많은 기업들
이 마케팅 도구로 활용하기도 했다)'이 범람하고 반년 정도 무
라카미 하루키는 글을 쓸 수가 없었다. 한 번도 슬럼프를 겪
어본 적 없는 그가 말이다. 쓸 수도 없었고 무리해서 쓰고 싶
지도 않았다. 완전한 무기력 상태였다.

전화를 받는 것도 싫었다. 원래부터 싫어하긴 했지만 이때
는 그 증상이 더 심했다. 아내가 대신 받아도 가만히 있질 못
하고 안절부절 어쩔 줄 몰랐다. 예고 없이 불쑥불쑥 찾아오는
사람들도 하루키를 피곤하게 만들었다. 또한 원치 않아도 아

무리 노력해서 막으려고 해도 각종 정보, 즉 자신에 대한 욕설과 비평은 착실하게 귀 안으로 들어오고야 말았다. 더 이상은 참을 수 없어 벗어나야만 했다. 아내 요코도 건강을 잃어가고 있었다. 그래서 두 사람은 다시 로마로 떠나버렸다. 이탈리아는 어떻게 보나 외국인이 살기에 적당한 나라는 아니지만 그는 그저 어디라도 좋으니까 일본이 아닌 곳에서 하루빨리 글을 쓰고 싶었다. 자신을 지키기 위한 다른 선택의 여지는 없었다. 적어도 이탈리아는 음식이라도 맛있으니까 그 정도면 따져 볼 것도 없이 합격이었다.

출판사에는 '여행기를 쓰겠다'고 하고 일본을 떠났다. 로마를 기본적인 정착지로 하고 스페체스 섬, 미코노스 섬, 시칠리아 섬 등에서 각각 한 달씩 체재했다. 태생적으로 수줍음이 많은 무라카미 하루키는 현지 사람들과의 접촉은 극단적으로 적었지만 유일한 예외는 미코노스 섬의 레지던스 관리인이었던 '조르바계 그리스인' 60대 할아버지 반겔리스였다고 한다. 『노르웨이의 숲』의 여파로 불안정한 정신 상태에 있던 그는 반겔리스의 따뜻함에 마음을 열게 되는데 그 당시의 이야기는 가까운 미래에 『먼 북소리』라는 긴 여행기로 묶이게 된다.

작가의 페르소나

"당신은 대체 무슨 생각하고 있는지 모르겠어."

『노르웨이의 숲』의 미도리는 입을 삐쭉 내밀며 말한다. 그렇게 말하면서 여자 주인공들은 알아서 와타나베 군에 대해 신경 쓰며 관여하고 자발적으로 휘둘린다. 여자 주인공들은 스스로를 능동적으로 만들어주는 그 남자가 결코 싫지 않았던 것이다.

지적이면서 고독하고 사람들 사이에서 존재감이 희박한, 조금은 이상하고 어두워 보이는 소년 같은 남자. 무라카미 하루키 소설에는 늘 그렇게 엇비슷한 30대의 전문직 남자 주인공이 등장한다. 그 남자는 아무리 힘겨운 일이 닥쳐도 규칙적인 생활을 중요시한다. 가령 운동과 가사. 작은 것들이 세상을 변화시키고 '아무렇지도 않아 보이는 것'들이 실은 세상을 간접적으로 지탱하는 중요한 역할을 한다는 하루키의 스토익한 생활철학을 반영한 것이다. 이른바 소설 『댄스 댄스 댄스』

에 등장하는 용어인 '문화적 눈 치우기' 같은 일, 즉 익명의 사사로운 헌신의 총합으로써 세상은 다행히 돌아가고 있다는 것이다.

남자 주인공들은 특유의 '가사 노동 철학'이 있다. 그들은 정성스레 다림질과 청소를 하고 또 요리를 한다. 남자 주인공은 늘 '평범하게 있는 재료' 혹은 '냉장고 속 남은 재료'를 쓴다. 절대 장을 새로 봐서 보란 듯이 요리해 먹는 게 아니라 무심하게 냉장고를 열어보고 있는 재료를 꺼내 뚝딱 만들어낸다. 마치 우리가 할 수 있는 것은 주어진 자원으로 최고의 성과를 달성하는 것뿐이라는 듯.

소설의 주인공들은 고독하게 수영을 하거나 뛰면서 신체를 혹독하게 단련시킨다. 자신의 한계까지 시험해보고 스스로를 몰아세우며 그로 인해 더욱 깊은 사색에 빠진다. 어찌 보면 하루키의 남자 주인공들을 지나치게 감상적으로 만들지 않는 장치다. 그 강인함은 티 나지 않게 빛이 난다. 자신과 정면으로 마주하기 위한 스포츠이기 때문이다.

그 남자들은 수줍음과 동시에 과묵하다. 말이 많지 않고 필요한 말만 한다. 그것이 여성을 대상으로 했을 때는 단어 하나하나에 많은 것이 농축되어 힘이 실리게 되어 있다. 이러니 여심을 간지럽게 건드릴 수밖에.

"봄날의 곰처럼 네가 좋아." (『노르웨이의 숲』)

"내 머리 스타일 좋아?"

"아주 좋아."

"얼마나 좋아?"

"온 세상의 산속 나무들이 다 쓰러질 정도로 근사해."

"정말 그렇게 생각해?"

"정말 그렇게 생각해." (『노르웨이의 숲』)

"너무 괜찮은 여자를 한 번 알게 되면, 되돌아갈 수가 없게 돼." (『국경의 남쪽, 태양의 서쪽』)

"너를 보고 있으면, 가끔 먼 별을 보고 있는 느낌이 들어." (『국경의 남쪽, 태양의 서쪽』)

"굉장히 건강해 보여. 선탠이 아주 매력적이야. 마치 카페오레의 요정 같아." (『댄스 댄스 댄스』)

"또 언제 데이트 신청해도 돼?"라고 내가 물었다.

"데이트에? 아니면 호텔에?"

"둘 다"라고 나는 밝게 말했다. "그런 건, 음 말하자면 동전의 앞뒤 면 같은 거야. 칫솔과 치약처럼." (「패밀리 어페어」)

"여자아이들 한 명 한 명에겐 아름다운 서랍이 있어, 그 안에는 별로 의미가 없는 잡동사니가 많이 들어가 있지. 나는 그런 게 참 좋더라." (『양을 쫓는 모험』)

"왜 나를 다시 찾는 거야?"
"사랑하니까야. 그리고 너도 나처럼 나를 사랑하고 원하고 있어. 나는 그걸 알 수 있어." (『태엽 감는 새』)

"너는 몹시 아름다워. 그거 알아?" (『애프터 다크』)

단순히 그럴싸하게 상대가 듣기 좋아할 만한 말을 한다기보다 상대의 감정을 존중하고 그녀에게 귀 기울이기 때문에 나올 수 있는 말이 아닐까. 어쨌든 무엇이 되었든 최선을 다하는 남자들이다.

유명해진다는 것

성공은 언제나 주변의 질시를 불러일으킨다. 그리고 유명세는 본인이 각오하거나 원하기 전에는 악몽이 되기 쉽다. 조그마한 가게를 하나 운영할 때도 내성적이고 사교성 제로였던, 자신의 스타일을 고집했던 무라카미 하루키가 소설 하나로 '자고 일어나 보니 스타'가 된 현실은 그저 당혹스러울 뿐이었다. 사람들을 잃고 돈을 번 것 이외에 『노르웨이의 숲』 때문에 생긴 또 다른 몇 가지 피곤한 일이 있었다.

매스컴의 과도한 관심은 잇따른 부작용을 낳았다. 사생활을 중시하는 하루키로서는 벌 떼처럼 달려드는 매스컴을 극단적으로 기피했다. 따라서 기자들은 취재에 비협조적인 무라카미 하루키가 불만스러웠고 건방지다고 느꼈다. 하지만 하루키는 매스컴이라는 권력을 휘두르면서 자기가 하기 싫어하는 특정한 일들을 하라고 종용하는 분위기를 못 견뎌했다. 예를 들어 이란 이라크전쟁에 대해 어떻게 생각하는지 질문해도, 문학과 전혀 상관없는 이야기는 하고 싶지 않다면서 대답을 거부한 것이다. 적어도 신문 지면을 통해서 그런 이야기를 하고 싶지는 않았다. 왜 질문에 답변하지 않으면 무조건 건방지다고 몰아붙이는지 이해할 수 없었다.

게다가 매스컴이 무라카미 하루키의 부모님마저 들쑤시는 바람에 그의 사생활이 원치 않게 노출된 적도 있었다. 이것은 그에게 큰 충격을 주었다. 이 사건을 계기로 부모님과 몇 년 간 말도 하지 않을 정도로 가족 관계는 악화되었다. 무라카미 하루키는 결코 매스컴과 친해질 수 없는 작가였다. 다른 이들은 한 번이라도 더 언론에 이름이 나기를 원했지만 그는 오로지 자신이 원하는 글을 쓰고 싶을 뿐이었고, 그 누구보다도 독자들이 알아서 제멋대로 읽고 판단해주기를 바랐다. '언론 플레이' 같은 말과는 멀어도 한참 먼 그런 작가였다.

또 보수적인 일본 문단의 차가운 비판을 겪어내야 했다. 그들은 일단 세간에서 부는 '무라카미 하루키 증후군'에 대해 노골적으로 반발했다. 데뷔한 지 10년 만에 쓴 『노르웨이의 숲』에 대해 문학평론가들은 왜 그 전까지는 혁신적인 작품을 구사하다가 갑자기 평범하고 흔해 빠진 러브 스토리를 썼는지, 왜 그따위 글이 베스트셀러가 되어야 하는지를 신랄하게 따졌다. "이렇게 후퇴하고 있는 무라카미 하루키는 이젠 작가로서 끝났다"라는 매몰찬 악담도 곁들였다. 막상 무라카미 하루키로서는 『노르웨이의 숲』이 '나태함의 결과'나 '대중성과의 영합'이 아니라 새롭고 아슬아슬한 도전이었는데 말이다. 어떤 이들은 속된 말로 대박 났으니 그 정도는 감당해야 하는 것 아니냐고 묻겠지만 그의 경우는 조금 달랐다. 왜냐하면 『노르웨이의 숲』은 개인적 경험을 언어로 표현한 자기 구제의 작업이었기에, 자신의 가장 연하고 취약한 부분을 두고 사람들이 곡해하고 비난하는 것이 견디기 힘들었기 때문이다.

그 밖에도 평론가들은 무라카미 하루키가 지나치게 비치보이스나 맥도널드 등 미국 브랜드를 남발한다고 몰아붙이면서 미국 팝 문화의 숭배자라고 비난했다. '바타쿠사이^{버터 냄새가 난다}'라는 것이었다. 노벨문학상 수상자 오에 겐자부로도 당시의 하루키에 대해서는 혹독했다. 무라카미 하루키는 일본의 미래를 위해 새로운 대안을 제시하는 데 실패했다고. 이놈의 무라카미 공격은 한층 더 가열되어 심지어 "무라카미 하루키가 일본 문학을 망쳤다!"라는 소리마저 듣는 형국이 되어버렸다. 그리고 역시 이런 근거 없는 비판에 대해서는, 제아무리 무시하며 꾹 참았던 무라카미 하루키라도 화가 나지 않을 수 없었다. 번역가인 시바타 모토유키와의 인터뷰에서 그는 강하게 항변했다.

"아니, 나 따위로 망쳐질 일본 문학이라면 애초부터 망가져 있었던 게 아니냐고요!"

사람들의 이런 근거 없는 비난은 어떤 의미에서는 흉기에 가까웠다. 『노르웨이의 숲』이 나오기 전에 『세계의 끝과 하드보일드 원더랜드』를 발표한 지 얼마 되지 않아서 이런 일도 있었다. 집을 새로 지으려고 모 은행에서 주택 융자 상담을 받기로 했다. 다행히 은행의 대출 담당자와 이야기가 순조롭게 진행되어서 한숨 돌리고 있었는데, 며칠 후 은행 담당자가 직접 집으로 찾아오더니 '주택 융자가 불가능하다'는 청천벽력 같은 소식을 알려주는 것이었다. 갑자기 왜 그러느냐고 물었더니 그 대출 담당자가 말하기를, 최근에 본 버라이어티 프로그램 〈와라테 이이토모〉다모리라는 인기 개그맨이 진행하는 최장수 인터뷰 프로그램에 한 작가가 출연해서 '무라카미 하루키는 작가로서 이제 완전 맛이 갔으니 더 이상은 아무것도 못 쓸 것'이라고 말했다는 것이다! 하루키는 황당하고 기가 막혔다. 물론 머리끝까지 화도 났다. 당장 이 은행과 모든 거래를 끊어버리고 다른 은행에서 순조롭게 대출을 받았다. 하지만 여전히 기가 막혔다.

왜 그토록 미움을 샀을까? 하루키는 왕따를 자초하는 캐릭터란 말인가? 단적으로 말해서 그의 스타일이 기존과 완전히 달랐기 때문일 것이다. 하지만 문제는 '다르다'고 인정하는 것이 아니라 '틀리다'며 그를 매도하는 데 있었다. 무라카미 하루키의 작풍은 스스로 강조하듯, 그리고 자신이 일부러 의도하듯, 기존 일본의 어느 작풍과도 달랐다.

"나의 글과 스타일은 기존의 일본 문학과 확연히 다릅니다. 제가 완전히 새로 창조해낸 것이지요."

하지만 많은 일본 문학 평론가들은 보수적일 뿐만 아니라 일본 문학의 고유성과 전통을 계승하고 싶어 한다.

"일본 문단에서는 현실주의 스타일을 좋아해요. 문제에 대한 정확한 해답과 결론. 하지만 내 이야기에는 그런 게 없잖아요."

무라카미 하루키는 소설가가 된다는 것은 매우 개인적인 행위라고 생각해왔다. 소설가는 다들 자기가 좋아하는 걸 마음대로 쓴 후 그것을 출판사에 팔고 돈을 받아 생활하며, 원하지 않는다면 누구와도 만나지 않아도 되는 사람이라고 생각했던 것이다. 그런데 작가 사회라고 예외는 아니었다. 문단이라는 곳도 갑갑한 일본 사회조직의 축소판일 뿐이었다. 이 현실과 마주했을 때 그는 놀라지 않을 수 없었다.

무라카미 하루키는 일본 문학계와 정말 인연을 맺고 싶지 않았다. 어쩌면 진실은, 그들이 무라카미 하루키를 왕따시키기 전에 하루키가 먼저 그들을 왕따시킨 것일 수도 있다. 일단 그는 기존의 일본 문학이 고수하던 순문학과 사소설 스타일을 참을 수가 없었다. 자기 자신을 상대화하지 않고, 그저 '나'를 있는 그대로 드러내놓으면서 독자를 압박해나간다는 것은 상상만 해도 괴로웠다. 또한 소설 속 세계만이 아니라 현실적인 문단 내 인간관계의 심한 압박도 부담스러웠다. 좋게 말하면 업계 내의 결속력이 강한 것이라고 할 수 있겠지만, 그 결속이 필요 없는 사람에게는 쓸데없는 구속이자 참견이었을 것이다.

밑에서부터 점점 위로 올라가야 하는 서열이 확실한 시스템. 그 꼭대기에 올라가면 이제 다른 작가들을 '심판'할 자격이 주어지고, 결과적으로는 연공서열제처럼 얌전하게 처신하며 기다리다 보면 누이 좋고 매부 좋게 서로 돌아가면서 상을 타는 시스템. 이것을 보며 무라카미 하루키는 '서로의 작품을 읽지만 진정 자신들이 뭘 읽는지 신경 쓰지 않는다'고 꼬집었다.

또한 작가들은 문고판 신간이 나오면 서로 해설을 써줌으로써 '응원 교환'을 하는 게 통상적인 관례이자 업계의 의리였다. 하지만 무라카미 하루키는 끈적끈적한 인간관계에 휘둘리기 싫어서 원칙적으로 그런 당연한(?) 민원을 일절 받지 않았다. 작품은 엄연히 그 자체로 자립해야 하며, 남의 도움이나 해설 따위는 필요하지 않다는 것이다. 또한 그들의 사교 모임도 마음에 들지 않았다. 출판사의 접대를 받거나 다른 업계의 유명 인사들과 어울리는 것도 싫었다(일본에서는 작가와 연예인이 곧잘 가깝게 지내곤 한다. 남자 작가와 여자 연예인 커플도 많은 편이다). 물론 연예인을 대놓고 밝히는 작가도 있었지만 자신은 그저 혼자서 조용히 여유롭게 살고 싶을 뿐이었다. 제발 좀 내버려두라니깐.

하지만 무라카미 하루키만큼 '씹히기' 좋은 먹이가 또 있을까. 그들이 하루키를 그냥 내버려둘 리가 없었다. 그래서 내린 자가 처방은 더 이상 자신에 대한 비평이나 기사는 읽지 말자는 것이었다. 소설가는 마땅히 자기가 원하는 대로 책을 쓸 권리가 있고, 비평가도 마찬가지로 자기가 원하는 대로 비평할 권리가 있음을 인정하기로 한 것이다. 사실 처음에는 혹시 뭔가 도움이 되지 않을까 해서 읽어봤지만 실제로 자신에게 유익한 깨달음을 주는 비평은 너무도 적었다. 그 적은 수확을 얻기 위해 덤으로 다른 쓸모없는 비평을 모두 읽어야 한다는 것은 아무리 생각해도 비효율적이었다.

감정적인 소모도 상상 이상으로 컸다. 칭찬받으면 기쁘고, 비판받으면 언짢은 게 당연하므로 그런 일로 일희일비하는 것은 아주 피곤한 일이다. 하필 이놈의 기억력이라는 것이 참 희한해서, 평소에는 건망증이 그렇게도 심해 늘 아내에게 구박받는데 웬일인지 누가 욕하고 칭찬했는지에 관해서는 여간 해서 잊히지가 않더라는 것이다. 지인이 자신을 비평하고 나서 괜히 눈치 보거나 미안해하는 것도 싫었다.

직접 읽지 않아도 저절로 귀에 들어오는 비평도 있었다. 그 이야기들을 듣다 보면 너무나 황당한 비평을 너무나 많은 사람들이 진지하게 받아들인다는 것을 알 수 있었다. 그런 사실은 그를 당혹스럽게 했다. 엄밀히 따져 보면 그가 싫어한 것은 엉터리 비평 자체가 아니라(엉터리라도 평론가 마음대로 하는 비평이므로 어쩔 수 없다) 그 비평이 매스컴이라는 권력을 등에 업고 일반 사람들에게 영향을 미치는 '폭력성'이었다. 신문이라는 공공 매체에 나왔다는 이유 하나만으로 순순히 '아, 무라카미 하루키는 그런 놈이었군' 하고 납득하면 그만인 일방성. '이건 추측이지만 나는 이렇게 생각한다'고 쓴다면 용서되지만, 아무 근거 없이 '이건 이렇다'고 잘난 척하며 단정 짓거나 더 심한 경우 '무라카미 하루키는 이런 식으로 생각해서 이렇게 썼다'고 마치 그의 머릿속에 들어갔다 나온 것처럼 쓴다는 것은 몹시 불쾌했다.

하지만 하루키는 비평에 대한 비평은 하지 않았다. 해봤자 아무런 의미도 없으니까. 다만 스스로를 위안할 따름이었다. 비평가는 소설을 꼭 읽지 않으면 안 되지만(그는 '아마도 다 읽고 비평하는 건 맞겠지?'라고 정곡을 찌르는 질문을 인터뷰 중에 던져보기도 한다) 소설가들은 비평 따위를 읽을 의무가 전혀 없다. 그런 의미에서는 소설가가 한 수 위가 아니냐며 너스레를 떤다.

넌 그냥 달라

내가 처음 배운 언어는 일본어였다. 아주 어렸을 때 부모님과 함께 일본에 가서 살았기 때문이다. 나는 유치원과 초등학교 저학년을 요코하마에서 다녔다. '린 게이센'이라는 희한한 이름(임경선을 일본어로 읽으면 이렇게 된다)을 가진, 한국에서 온 계집아이였던 것이다. 지금 생각해보면 그 이름을 가지고도 그 흔하디흔한 이지메 한 번 안 당한 것이 신기하기만 하다. 물론 개중에는 내 이름이 이상하다며 친절히 지적해준 아이들도 있었지만 그것은 놀리는 게 아니라 어린아이들의 순수한 호기심일 뿐이었다.

나는 초등학교 3학년 때 귀국했다. 다행히 가족끼리는 한국어와 일본어를 섞어서 썼기 때문에 말은 그럭저럭 통했지만, 문제는 한글을 전혀 쓰지 못하는 데 있었다. 방과 후, 할아버지로부터 회초리를 맞아가면서 속성 코스로 한글 해독 특강을 받아야만 했다. 학교생활에도 물론 지장이 있었다. 한글을 읽거나 쓰는 것이 어려웠으니까.

담임선생님은 배려 차원에서 일부러 반장(당시 초등학교 반장은 대부분 남자아이였다) 옆자리에 앉도록 해주셨다. 시험을 칠 때도 짝꿍의 답안지를 그대로 베껴 쓰라고 하셨다. 나는 너무도 충실히 짝꿍의 이름까지 베껴 써서 제출하는 바람에 반 아이들은 배꼽을 잡고 웃었다. 약간 창피했지만 그런 것은 아무래도 괜찮았다. 그 정도는 애교였다. 몰라서 그랬던 것이고 또 확실히 나의 한국어 실력은 누가 뭐라고 해도 나날이 발전하고 있었으니까.

문제는 내 짝꿍인 반장이었다. 처음에는 아이들이 '외국에서 온 아이'라는 별칭으로 부르며 나에게 호기심 가득 찬 눈빛을 보내왔다. 이것저것 한국에 대해서 가르쳐주려고 했다. 반장은 그렇게 학급의 주목을 받는 아이를 자기가 독점한 듯, 늘 으스대며 아이들 앞에서 나를 챙기는 시늉을 했다. 나는 덩달아 일본어나 몇 마디 해서 아이들을 즐겁게 해주면 되었다. 반장은 그렇게 나를 지배했고, 나 또한 굳이 반장이자 짝인 그를 거스르고 싶지 않았다.

하지만 어느 시점부터 '일본어 시범'은 더 이상 반장의 자랑거리(생각해보면 원숭이가 곡예를 보인 거나 마찬가지였다!)가 되지 못했다. 반장에게는 새로운 오락거리가 필요했던 것이다. 그리고 그 아이는 선생님이 안 보이는 곳에서 나를 '쪽발이'라 부르며 괴롭혔다. 주변의 아이들도 그런 사실을 빤히 알고 있었지만 나서지는 않았다. 초등학교 3학년이었다고 해도 반장은 어엿한 권력자였던 것이다.

전학 온 아이가 참아내야 하는 텃세였을까? 나는 고민이 되었다. 일단은 그냥 참기로 했다. 어차피 내년에는 또 외국으로 가버릴걸, 뭐. 하지만 더 이상 인내심만으로 버틸 수 없는 지경에까지 이르고 결국 나는 폭발하고 말았다. 수업 시간에 비명을 지르며 반장과 나의 책상을 뒤집어엎어버린 것이다.

반 아이들은 모두 얼음장처럼 굳어버렸고 담임선생님은 당황하셨다. 그리고 바로 다음 날 내 자리는 바뀌어 있었다. 물론 반장은 문책당하지 않았고 그날의 해프닝은 묻혀버렸다. 나도 굳이 집에 가서 부모님께 말씀드리지 않았다.

지금은 그래도 담담하게 그 시절을 돌이켜보지만 아무리 생각해도 반장의 행동은 부조리한 폭력이었다. 누가 어린이를 해맑다고 했던가. 그 후로도 나는 대학에 입학하기 전까지 한국과 외국을 전부 합쳐서 무려 일곱 번이나 전학을 하게 된다. 솔직히 외국에서 느끼는 소외감은 누구나 어느 정도 처음에 겪어야 할 일이라고 쳐도, 자기 나라인 한국에서 명백하게 차별받는다는 것은 정말 이해할 수 없었다.

나의 '외국물 먹은' 행동거지가 그들을 불편하게 한 것일까? 그렇다면 그게 무엇인지는 정확히 알고 싶었다. 내 행동으로 누군가가 상처를 입는 일은 나도 원치 않았으니까. 하지만 그들은 늘 "넌 그냥 달라" 그 한마디만 내뱉고 난 후 말을 아꼈다. 설명이 없는 선언 같은 그 말은 그래서 아직도 내가 가장 싫어하는 한국말이다.

'상주 여행자'의 생활

어느덧 40대 초반이 된 무라카미 하루키가 새로이 정착하며 집필 작업을 한 곳은 미국의 동부 지역이었다. 1991년 당시 마흔두 살이었던 하루키는 뉴저지 주에 있는 프린스턴대학에 객원 연구원 자격으로 초빙을 받았다. 연구 주제는 자신이 흠모하는 작가, F. 스콧 피츠제럴드였다. 피츠제럴드는 프린스턴대학의 졸업생 가운데 가장 유명한 사람 중 한 명이다.

연이어 1993년에는 매사추세츠 주 케임브리지에 소재한 터프츠대학으로부터 초빙 작가 자격으로 초청을 받아 1995년까지 총 5년간 미국에서 생활하게 된다. '노르웨이 숲 사건(?)' 이후, 외국의 여러 나라를 보헤미안처럼 옮겨 다니며 지낸 무라카미 하루키는 이제 어느 정도는 안정된 둥지를 틀게 된 셈이었다.

무라카미 하루키의 첫 미국 여행은 의외로 늦은 편이었다. 그는 서른다섯 살 때 처음으로 미국을 방문했다. 6주 동안 이곳저곳을 여행하고, 자신이 좋아하는 작가 스콧 피츠제럴드의 모교 프린스턴대학도 두근거리는 마음으로 방문했다. 또 워싱턴 주의 포트앤젤레스에 가서 미국 작가 레이먼드 카버(무라카미 하루키는 당시 일본에서는 지명도가 없었던 레이먼드 카버의 작품을 발굴해서 번역하고 있었다. 레이먼드 카버는 무라카미 하루키의 번역 덕분에 일본에서 유명해진다)와 그의 아내 시인 테스 갤러거의 집에 다녀가기도 했다.

하지만 이번 미국행은 단순히 여행을 위해서가 아니었다. 그의 식대로 표현하자면 '상주 여행자'로 가 있는 것이었다. 게다가 무라카미 하루키는 초빙교수의 자격으로 미국 학생들에게 일본 문학을 가르쳐야 하는 입장이었다. 그토록 낯을 가리는 하루키가 말이다. 그는 자신이 좋아하는 단편소설 몇 편을 가지고 일본 문학 세미나를 진행하기도 하고 다른 대학을 돌며 강연도 했다. 워낙 수줍어하는 성격이라 염려가 되었지만 사람들 앞에서의 강의는 예상했던 것보다 고통스럽지 않았다. 특히 젊고 열성적인 미국의 대학생들과 토론하는 것은 아주 흥미진진했다. 그들은 정말 공부를 열심히 했다. 적극적이고 주체적인 발표 문화도 하루키의 마음에 들었다. 일본의 대학에서는 쉽게 찾아보기 어려운 광경이었다.

대학에서 자신에게 주어진 역할을 소화하는 시간 이외에

는 너무나 좋아하는 미국 작가, 레이먼드 카버의 작품 번역에 심혈을 기울였다. 또 애잔한 연애소설 『국경의 남쪽, 태양의 서쪽』을 집필했다. 미국 동부의 학구적인 대학 캠퍼스 마을은 그야말로 조용하게 작업을 하는 데 최적의 환경을 제공해주었다. 그동안 염원한 차분한 분위기, 그 속에서 무라카미 하루키는 원래의 자기 페이스대로 일을 하고, 사교 생활과 외출은 거의 하지 않았다. 사실 그 동네에서 사교라고 해봤자 가끔 동료 교수진들과 삼삼오오 하우스 파티를 갖는 정도였고, 뉴욕 시로의 외출은 한 달에 한 번 정도 볼일이 있을 때만 할 뿐이었다.

미국에 살 때는 전화도 걸려오는 일이 거의 없었을 뿐만 아니라 원고 청탁으로 귀찮게 하는 사람도 없어서 좋았다. 또 사람과 만날 일도 별로 없고 쓸데없는 정보도 들리지 않아 더더욱 좋았다. 미국인들은 결코 남의 일에 관여하는 법이 없었다. 쿨하고 개인주의적인 나라여서 무라카미 하루키와는 '일 궁합'이 잘 맞았다. 하루키는 자신의 일에 집중할 수 있었고, 그러면서도 다민족 사회 특유의 포용성 덕분에 유럽에 있을 때보다는 사람들을 더 쉽게 사귈 수 있었다.

미국이라는 나라의 공평성과 융통성에 호감을 느낀 미스터 무라카미에 대해, 미국의 문학계도 점차 관심을 보이기 시작했다. 무엇보다도 그는 일본인으로는 사상 처음으로 자신의 단편소설을 〈뉴요커〉에 게재하게 된다. 그 단편소설은 평키한 「TV 피플」이었고, 미국 문단 데뷔는 성공적이었다. 무라카미 하루키는 무척 감격스러웠다. 재치 넘치고 지성적인 문예 주간지 〈뉴요커〉는 그에게 성역에 가까운 잡지였다. 왜 이런 잡지가 일본에는 존재하지 않느냐고 개탄할 정도로 대학 시절부터 미친 듯이 탐독했던 것이다.

그런 잡지에 자신의 글이 실린다는 것은 그에게 달 표면을 걷는 것만큼이나 굉장한 일이었고 그 어떤 문학상을 받은 것보다도 기뻤다. 특히 무라카미 하루키가 존경해 마지않는 트루먼 커포티, J. D. 샐린저, 어윈 쇼, 존 업다이크, 레이먼드 카버 등이 모두 〈뉴요커〉로 데뷔한 작가들이었기 때문에 그 기쁨은 더 컸다. 그들은 〈뉴요커〉에 자신의 단편소설을 게재하게 된 것을 발판으로 역사에 길이 남을 작품을 쓴 작가들이었다.

다행히 「TV 피플」에 대한 미국 독자들의 평이 좋아서 〈뉴요커〉는 잇따라 그의 다른 작품 12편을 게재하기에 이른다. 1993년 〈뉴요커〉가 먼저 '작가 우선 계약다른 잡지보다 가장 먼저 〈뉴요커〉에 글을 게재하겠다는 약속'을 맺자고 했을 때 무라카미 하루키는 잠시의 머뭇거림도 없이 그에 응할 정도로 뿌듯함을 느꼈다고 한다.

미국은 일본과는 또 다른 새로운 개척지였다. 미국 생활은 무라카미 하루키에게 여러모로 신선한 자극을 주었다. 하루키는 미국에 거주하는 동안 뉴욕에서 자기 작품의 번역 출판을 맡아줄 작가 에이전트와 출판사를 직접 알아보러 다니기로 했다. 아마도 지금까지 일본인 작가 중 그런 일을 한 사람은 없었을 것이다. 하지만 하루키는 자신이 직접 하지 않으면 의미가 없다고 생각했다. 일본에서의 유명세를 벗어나 해외라는 새로운 장소에서 다시 한 번 제로부터 자신의 능력을 시험해보고 싶었다. 일본에서 얻은 명성이 자연스럽게 미국에서도 통할 것이라고 안일하게 생각하지 않았고, 미국이라는 거대한 시장에서 한 사람의 신인 작가로서 정면으로 실력을 시험해보고 싶었던 것이다.

주변에서는 혼자 그런 일을 시작하는 것을 말렸지만 그는 장기적인 목표를 세우고 시간을 들여 하나하나 난관을 극복하는 과정을 즐겼다. 『노르웨이의 숲』 이후 정신적으로도 많이 지쳐서 새로운 도전이나 동기부여가 필요했던 것 같다.

미국의 출판 시장은 주변에서 경고한 대로 녹록지 않았다. 1993년에 『코끼리의 소멸』이라는 단편집을 냈을 때도 에이전트나 출판사에서는 '미국 시장에서는 원래부터 정말 유명한 작가가 아니면 단편집은 잘 안 팔리니까 별로 기대하지 말라'고 미리 알려줬다고 한다. 역시 그 말대로 하드커버의 판매 부수는 매우 저조했다. 프린스턴대학 구내 서점에서 초청 작가를 예우하기 위해 책 사인회를 열었을 때도 무라카미 하루키는 흐뭇하게 기억한다. 나름 그래도 많이들 사인 받으러 올 거라고 생각했는데 정말 딱 15부를 팔았다고. 당연히 금세 줄이 없어져서 정작 하루키 본인이 당황했다고 한다. 그래서 저쪽 건너편에서 책 사인회를 진행하던 한 미국인 작가(그 작가 역시 금세 줄이 짧아졌다고)와 자리에 앉은 채로 잡담을 나눴다고 했다. 보통 이럴 때 일본 같으면 어떻게든 사람들이나 관계자들을 동원해 줄을 세워서 모양새를 갖출 텐데, 미국 편집자들은 '뭐 사람들이 안 오면 하는 수 없지' 같은 태도를 견지하고 있어서 그런 부분이 재미있었다고 그는 회상한다.

이런 낯선(?) 일도 겪었지만 미국 문단의 좋은 평가는 하루키에게 큰 힘이 되었다. 그에 힘입어 하루키는 직접 발굴해낸, 자신의 작품에 무한한 호감을 가지고 있는 에이전트 그리고 출판사와 합심해서 번역 작품을 의욕적으로 꾸준히 선보였다. 그의 영문판 작품들은 미국 시장에서 갑자기 뜨는 베스트셀러가 되진 못했지만, 고맙게도 지금까지 절판되지 않고

10년 이상 꾸준히 팔리고 있다.

하버드대학 학생회관 안에 있는 서점의 2층 픽션 코너에는 '무라카미 하루키 전용 독립 서가'가 있는데, 이곳에는 그의 모든 영문판 소설이 전시되어 있다. 하루키는 '여기 점원 중 한 명이 분명히 나의 팬인가 보다' 하며 무척 기뻐했다고 한다. 정말 그렇다면 그것은 신인의 자세로 직접 발로 뛰며 새로운 가능성을 개척해나간 무라카미 하루키 자신의 공功이라고 할 수 있을 것이다.

스티븐 킹의 깊은 절망감

미국을 대표하는 베스트셀러 작가 가운데 한 명은 누가 뭐래도 스티븐 킹일 것이다. 무라카미 하루키는 미국에 거주할 무렵, 일부러 직접 차를 몰고 메인 주 부근으로 올라가 그의 집을 찾아갔다. 스티븐 킹을 만나러 간 것이 아니라 그의 집을 밖에서만 보고 그냥 돌아왔다. 그만큼 동년배 작가 스티븐 킹이라는 캐릭터는 무라카미 하루키에게 흥미로운 대상이었다. 작가로 데뷔한 지 얼마 안 되었을 무렵, 잡지 〈우미海〉와의 인터뷰를 통해 그 이유를 말하기도 했다.

"스티븐 킹의 소설은 나를 강하게 매혹해요. 물론 '공포'라는 형식을 통해서 표현할 수밖에 없었다는 것에 대해서는 슬픈 느

낌이 들지만요. 하지만 저는 스티븐 킹이 '1970년대의 피폐'를 공
포라는 한정된 형식으로밖에 표현하지 못했던 시대의 '암울함'
을 절실히 이해합니다."

하루키는 스티븐 킹 소설의 '깊은 절망감'에 매료되었다. 스
티븐 킹이 그리는 공포는 '사람을 결코 사랑하지 못하는 공
포'였다.

스티븐 킹의 소설에 등장하는 인물의 대부분은 블루칼
라의 '하류 인생'이다. 이는 작가의 성장 배경에서 비롯된다.
1947년 메인 주의 지독히도 가난한 집안에서 태어나 고등학
교를 졸업할 때까지 동네의 직물 공장에서 생활비를 직접 벌
어야만 했던 스티븐 킹의 삶은 암울했다. 뉴잉글랜드의 길고
추운 겨울, 작은 마을 특유의 폐쇄성, 집을 나간 아버지 등 무
엇 하나 그를 도와주는 것이 없었다.

대학을 간신히 졸업하고 나서도 가족을 부양해야 하는
의무 때문에 하기 싫었던 고등학교 영어 교사를 하고 여름
방학에는 공공 세탁소에서 보일러 담당 아르바이트를 해야
만 했다. 스티븐 킹은 보일러실 한구석에서 혹은 좁디좁은
트레일러하우스에서 갓난아기를 달래가며 소설을 썼다. 하
지만 출판사로부터 번번이 퇴짜 맞기 일쑤였다. 영화 〈샤이

닝The Shining〉의 주인공, 소설가 지망생 잭 트랜스는 스티븐 킹의 당시 모습이었다고 해도 과언이 아니다. 마침내 『캐리Carrie』로 밀리언셀러 작가가 되기 시작하지만 그 이전까지의 삶은 암담 그 자체였다.

같은 세대의 작가라는 것 이외에도 스티븐 킹이 '몸을 힘들게 움직여가며 노동을 한 경험이 있는 작가'라는 점, 그리고 자신이 불가피하게 놓인 힘겨운 환경에서도 스스로의 힘으로 작가가 되었다는 점에 무라카미 하루키는 깊이 공감했다. 또한 그가 굳이 스티븐 킹이라는 '대중소설의 상징'과도 같은 작가를 문예지에서 거론하고자 한 데는, 대중소설이라면 콧방귀부터 뀌는 문학평론가들에 대한 반발심도 한몫 거들었을 것이다. 대중문학을 '저질'이라고 일방적으로 매도하는 건 공평치 못하니까.

번역하는 소설가

장편소설과 단편소설 그리고 에세이를 부지런히 집필하는 와중에, 번역 작업은 밥을 먹는 것과 같은 일이었다. 그도 그럴 것이 무라카미 하루키에게 번역은 일이 아니라 오랜 취미였으니까.

무라카미 하루키는 고등학교 시절에 그 누구보다도 트루먼 커포티 소설의 아름다운 문장에 매료되었다. 커포티의 글을 읽노라면 '이런 멋진 문장도 실제로 존재하는구나' 싶었다. 누가 시키지도 않았는데, 하루 종일 커포티의 책을 번역하는 데 몰두하기도 했다. 자신의 손으로 커포티의 근사한 문장들을 일본어로 옮기는 과정은 행복했다. 그 '근사함'에 자신도 참여하고 있다는 사실이 뿌듯하게 느껴지기도 했다. 대학생이 되어서는 스콧 피츠제럴드의 작품을 내키는 대로 번역했다. 하루키에게 음악을 듣는 것 이외에 번역만큼 즐거운 취미도 없었다.

그렇다고 전문 번역가가 되려고 했던 것은 아니다. 그저 번역이 좋고 문장이 좋았을 뿐이다. 특히 피츠제럴드와 커포티의 문장을 존경했는데, 이 두 작가는 하루키에게 정말 각별했다. 커포티나 피츠제럴드의 문장에는 아름다움이나 감정 그리고 확고한 '스타일'이 있었다. 그 정밀한 문장을 번역하고 있으면 마음이 씻기는 듯한 기쁨을 느낄 수가 있었다. 쓴 사람의 마음이 문장 속에서부터 살아 숨 쉬고 있었다. 이 두 작가의 작품을 번역하고 있으면 문장이란 최소한 이 정도 수준이 되지 않으면 안 되겠구나 하며 긴장감을 놓을 수가 없었다.

번역은 또한 무라카미 하루키를 치유해주는 벗이 되었다. 골치가 지끈지끈 아픈 그에게 휴식 같은 탈출구였던 것이다. 자신의 글을 쓸 수 없었을 때도 번역만은 언제 어디서나 할 수 있었다. 게다가 번역은 그의 외로움도 달래주었다. 번역을 하고 있으면 상대 작가가 어떤 식으로 생각하며 쓰고 있는지 생생하게 공감할 수 있었다. 어떻게 보면 전문 번역가와는 또 다른 차원의 공감이며 소설가들만이 느낄 수 있는 종류의 공감이었다.

'음, 여기서 망설였구나. 여기서 막혔고, 이건 그냥 날린 거네' 혹은 '여긴 멈춰서 천천히 신중하게 쓰고 있구나' 하는 식으로, 작가의 감정들이 '번역하는 소설가'에게는 은밀히 다가

왔다. 마치 남의 빈집에 들어가 보는 느낌이었다.

그뿐만 아니라 번역은 다양한 즐거움을 안겨주었다. 작품을 발굴하는 재미도 있었고, 초고 번역의 즐거움도 있었다. 심지어 하루키는 교정보는 것도 재미있다며 즐거워했다. 또한 일본에선 별로 유명하지 않은 해외 작가의 작품을 가장 먼저 소개하는 보람도 컸다.

번역은 무라카미 하루키에게 실질적인 도움을 주기도 했다. 사람들은 왜 그가 이토록 번역을 많이 하는지 신기해하지만, 번역은 하루키가 글 쓰는 데 적지 않은 도움을 주었다. 소설은 여태까지 살아온 경험을 바탕으로 쓰게 되는데 소설가가 자기에 대한 것이나 자신이 아는 것만 쓰다 보면 아무래도 하나의 스타일로 고착되기 쉽다. 따라서 소설가에게는 외부로부터의 끊임없는 자극이 필요하다. 그런데 번역을 하고 있으면 또 다른 작가의 눈으로 넓은 세상을 바라볼 수 있기 때문에 그것들은 번역자에게 유형무형의 재산이 된다. 소설가는 소설을 읽지 않으면 끝장이다. 그런 면에서도 이왕이면 번역할 작품을 선정할 때, 적어도 자신이 배울 수 있는 작품을 고른다면 금상첨화인 것이다.

또한 번역에는 궁합이라는 게 있다. 무라카미 하루키의 경우, 번역할 때 몇 번이고 '내가 이 사람 작품을 번역해도 될 것

인가'를 자문한다고 한다. 무라카미 하루키가 번역 여부를 결정하는 기준은 자신이 얼마큼 이 작가에게 관여할 수 있는가다. 번역은 무라카미에게 한 여자를 사귀는 것과 비슷하다. '어, 좀 괜찮네' 하면서 건드려보는 게 아니고 과연 자신이 끝까지 책임질 수 있을까를 진지하게 생각하는 것이다. 그중에서도 꼭 번역하고 싶었던 작품은 『호밀밭의 파수꾼』과 『위대한 개츠비』였다.

이렇게 번역 예찬론을 펼치는 하루키지만, 번역은 아무나 하는 것이 아니라고 거침없이 못 박는다. 번역은 혼자 책상 앞에서 하루 종일 입을 다물고 하는 일이기 때문에 결코 아무에게나 어울리는 일이 아니라는 것이다. 무엇이든 혼자서 할 수 있는 사람만 번역을 할 수 있고 체력도 좋아야 한단다. 앉아서 뭔가를 지속적으로 쓴다는 것이야말로 진정한 체력 승부다. 문장에 대한 집중력을 얼마만큼 유지할 수 있는가도 매우 중요한 요소다. 훈련을 통해 어느 정도 키울 수는 있지만 무엇보다도 번역자의 노력이 필요하고, '문장에 대한 사랑'을 가지고 있어야 한다고 역설한다.

마지막으로 번역은 일종의 기술이기 때문에 끊임없는 훈련이 필요하며, 모르는 단어가 있으면 원하는 해답을 얻을 때까지 끈질기게 사전을 뒤적여서 찾아낼 만큼의 근성이 있어야 한단다. 이러한 조건들은 무라카미 하루키가 얼마나 '문장'의 정확함과 정교함을 중시하는지를 우회적으로 보여준다.

문학 노동자 레이먼드 카버

무라카미 하루키에게 '특별한 의미'를 지닌 작가는 많았다. 트루먼 커포티나 레이먼드 챈들러, 스콧 피츠제럴드, 도스토옙스키 등등. 하지만 대부분이 작고한 인물이거나 '하늘에 박힌 별 같은 존재'로 우러러보아야만 하는 사람들이었다. 그에게 유일하게 체온을 느낄 수 있는 문학적 동반자는 바로 레이먼드 카버였다.

레이먼드 카버는 하루키에게 시대를 함께하는 작가이자 깊이 감정이입을 할 수 있는 작가였다. 하지만 두 사람은 실제로 딱 한 번 만났다고 한다. 그럼에도 스승이나 동료 없이 묵묵히 혼자 글을 써왔던 그에게는 레이먼드 카버의 존재 자체가 따뜻한 위로였다. 우연히 읽게 된 레이먼드 카버의 글은 우직하고 정직했다. 무라카미 하루키로서는 뜻밖의 신선한 발견이었다. 그래서 일본에서는 전혀 지명도가 없었던 이 미국 작가의 작품을 기꺼이 번역하겠다고 나선 것이다.

무라카미 하루키는 레이먼드 카버의 어떤 부분을 높이 평가한 것일까? 그는 레이먼드 카버의 시점이 결코 '현실적이고 실제적인' 수준을 벗어나지 않아서 좋았다고 한다.

레이먼드 카버는 위에서 아래로 사물을 내려다보지도 않고, 아래에서 위로 올려다보지도 않는다. 무라카미 하루키의 표현에 따르면, 가장 먼저 땅을 자신의 두 발로 확실히 밟아 확인하고 거기서부터 조금씩 시선을 움직여 위를 올려다본다는 것이다. 달리 말하면 레이먼드 카버는 어떤 일이 있어도 아는 척하거나 잘난 척하는 소설을 쓰지 않는 사람이라는 것. 달변을 싫어할 뿐만 아니라 요령을 배격하고, 샛길이나 새치기를 싫어하는 작가 레이먼드 카버의 우직함에 대해 무라카미 하루키는 안심할 수 있었다.

"카버에게는 자신의 신체를 깎는 고통으로 글을 쓴다는 것 자체가 작가로서 살아가면서 최소한으로 지켜야 하는 그 무엇이었습니다. 그래서 그렇게 실행하지 않은 사람을 용납할 수 없었죠."

레이먼드 카버는 기본적으로 따뜻하고 친절한 사람이었지만 작가로서 최선을 다하지 않는 사람과는 결코 친구가 되지 않았다고 한다. 그 사람이 아무리 인간성이 좋다고 해도 그 '좋은 인간성'마저 부정되고 말았던 것이다. 그런 의미에서 레이먼드 카버는 무라카미 하루키에게 긍정적인 '긴장감'을 안겨 주었다.

작가 레이먼드 카버는 스티븐 킹만큼이나 가난한 블루칼라 집안에서 태어났다. 마찬가지로 어렵게 공부하고 어렵게 글을 써서 작가가 된 사람이다. 카버의 아버지는 워싱턴 주의 제재소에서 전기통을 가는 직공으로 일했으며, 어머니는 사무 업무와 웨이트리스 일을 했다. 이를테면 미국 지방 도시의 전형적인 노동자 집안에서 성장했던 것이다. 게다가 아버지는 알코올중독 증세가 있어 경제적인 안정은커녕 정신적으로 결코 편하지 못했다.

레이먼드 카버 자신도 고등학교 졸업 후 반년간 아버지가 일하던 제재소에서 일하고, 당시 열여섯이었던 마을 처녀와 결혼했다. 하지만 고향 마을의 '탈출구 없는 암울함'은 그를 고뇌에 빠뜨렸고, 어린 나이의 가장이었던 그는 결국 처자식을 데리고 그 마을을 탈출해버렸다.

레이먼드는 우여곡절 끝에 학비가 상대적으로 저렴한 주립대학에 입학했다. 그리고 늘 염원했던 창작 공부를 하며 대학 문예지 중심의 창작 활동을 시작했다. 그러나 경제적인 상황은 나아지지 않았다. 특히 1960년대는 카버에게 고난의 시대였는데 교재 출판사 편집자 자리를 얻어 안정된 수입을 확보하기까지 튤립 따기, 주유소 아르바이트, 병원 잡일, 화장실 청소, 모텔 관리 등의 허드렛일을 병행했다. 그랬는데도 두 번이나 개인 파산 신청을 내야만 했다. 그 후 급격한 알코올중독에 빠졌다. 불행 중 다행으로 1981년에 출간된 단편집 『사랑을 말할 때 우리가 이야기하는 것』이 문단의 주목을 받으면서 그는 새롭게 작가로서의 인생을 재구축해나가기 시작했다.

이에 비하면 무라카미 하루키는 유복한 편이었다. 교외 주택가 중산층 가정의 외아들로 곱게 자랐으며 집 안은 늘 책으로 가득했다. 두 작가의 소년 시절 환경은 이토록 아주 달랐지만 그들이 20대를 보낸 방식은 비슷했다. 두 사람 모두 좌절감과 중압감을 느끼며 별로 탐탁지 않은 일들을 하면서 보냈다. 레이먼드 카버가 보낸 젊은 시절에는 즐거움이라곤 존재하지 않았고 오로지 끝이 보이지 않는 절망과 가난만이 있었다. 별다른 선택의 여지 없이 부모의 계보를 이어 같은 제재소에서 푼돈을 받으며 일했고, 같은 술집에서 밤마다 술을 마시며 스트레스를 풀곤 했다.

실업자 또는 알코올중독자가 될 수밖에 없는 혹독한 환경에서도 레이먼드 카버는 포기하지 않았다. 어쩌면 소설을 쓰고 시를 쓰고 싶다는 마음이 간절했기에 그 희망으로 묵묵히 암흑기를 버텨냈는지도 모른다. 그래서 레이먼드 카버는 자신이 늦깎이로라도 작가로서 생활할 수 있게 된 것에 대해 늘 겸손하게 감사하는 마음을 가졌다. 하루키는 카버의 이런 삶의 자세도 좋았다.

한편, 레이먼드 카버의 어려웠던 삶은 종종 소설 소재가 되었다. 노동 계층의 가정에서 태어나 자란 사람으로, 노동자계급의 일상생활과 이야기를 그려내는 일에서 카버는 커다란 의미를 발견했다. 또한 작가 정신의 일환으로 '내가 그에 대해 쓰지 않는다면 과연 누가 그들의 소외된 이야기를 쓸 수 있겠는가'라고 생각하기도 했다. 적어도 카버는 노동자들이 느끼는 슬픔과 고통, 기쁨, 긍지 등을 생생히 이해할 수 있다고 스스로 확신했다. 그는 뼛속 깊이 진지한, 말 없는 노동자였던 것이다.

카버와 하루키는 작풍도 다르고 문장 스타일도 많이 달랐지만 깊은 내면에서 연결되어 있었다. 실제로 하루키와 카버가 소설에서 그리고자 한 것들은 서로 비슷했다. 두 사람 모두 결코 화려하지 않은 수수한 문체를 정직하게 다룰 줄 알았다. 그리고 소설 등장인물의 대부분은 '영웅' 타입이 아닌 소외자, 조금 더 심하게 표현하면 패배자였으니까.

1984년 무라카미 하루키는 처음이자 마지막으로 레이먼드 카버를 직접 만난다. 이때는 하루키가 카버의 작품을 번역하기 시작했을 무렵이다. 처음 마주한 레이먼드 카버의 인상은 일단 몸집이 아주 크고 등이 굽었다는 것, 그리고 홍차를 마시면서 살짝 안절부절못하고, 말수도 적은 데다가 목소리도 작으며, 생각하는 데 오랜 시간이 걸리고, 가끔 이상한 이야기를 해놓고 본인이 더 쑥스러워하면서 담배를 피우는 남자라는 점이었다. 이런 레이먼드 카버를 보면서 무라카미 하루키는 본능적으로 '소설적으로도, 인간적으로도 신뢰할 수 있는 사람'이라고 생각했다. 마음을 쉽게 다치는 여린 사람이며, 어딘가 진득이 마음 의지할 곳을 찾는 듯이 보였다. 또 외로움을 잘 타고 애정 중독을 가진 사람이라고 추측했다.

레이먼드 카버를 실제로 만나면서 하루키는 그의 윤리관에 탄복했다. 레이먼드 부부는 아주 소박했다. 그들이 먹고, 입고, 쓰는 옷이나 가구 등에서 소박함이 물씬 풍겨 나왔다. 무라카미 하루키가 알고 있는 한, 그러한 현실적이고 굳건한 생활 감각은 흔들림이 없었다. 세간에서 성공했다고 해서 쉽사리 바뀌는 성질의 것이 아니었다. 그것을 보고, 역시 이 사람들의 세계는 흔들림이 없는 세계라는 것을 깨닫고 깊이 감명을 받았다.

카버는 또한 진심으로 "뭣하러 나 같은 사람을 보러 여기까지 일부러 찾아왔느냐"며 몹시 황송해했다. '나는 대단한 작가거든!'과 같은 느낌은 털끝만큼도 없었다. 무라카미 하루키가 유명 작가 존 어빙을 〈마리끌레르〉를 통해 인터뷰했을 때와는 사뭇 다른 느낌이었다. 물론 존 어빙이 대중적으로 더 잘 알려진 성공한 베스트셀러 작가였기 때문인지도 모르겠지만. 너무 일정이 바쁘니 센트럴파크에서 조깅을 같이 해줄 수 있다면 인터뷰를 수락하겠다고 한 존 어빙은, 실제로 질문에 성실히 답변하기보다 센트럴파크에 널린 '말똥'들을 짜증 내면서 계속 무라카미 하루키에게 '말똥 조심해'라는 잔소리만 늘어놓았다. 이것은 나의 개인적인 추측이지만 왠지 존 어빙과의 인터뷰는 무라카미 하루키에게 유쾌하지 않았던 것 같다. 하지만 카버는 달랐다. 소설뿐만 아니라 인간적으로도 그에 대한 애정을 느낄 수 있었다.

하지만 안타깝게도 그것이 하루키가 난생처음으로 동질감을 느꼈던 작가와의 처음이자 마지막 만남이었다. 카버가 1988년에 폐암으로 목숨을 잃었기 때문이다. 카버는 1987년에 하루키의 주선으로 일본 여행을 할 계획이었고, 그 여행을 학수고대하던 일본의 '아우'는 '형'의 큰 키를 감안해서 집에 긴 침대도 뚝딱 만들어 놓은 터였다. 하지만 카버는 약속

한 그 여행을 하지 못한 채 이듬해 세상을 떠났다. 장례식이 끝난 후, 카버의 아내인 시인 테스 갤러거는 하루키가 어떤 마음으로 자신의 남편을 생각했는가를 가슴 깊이 알았기에, 유품 가운데 고인의 신발을 보내주었다. 그리고 하루키는 카버 부부의 사진을 자신의 집 벽에 걸어 두었다. 카버를 딱 한 번밖에 만나지 못했지만 그 한 번의 만남이 하루키의 인생에 '따뜻한 무엇인가'를 남기고 간 것 같다.

카버가 세상을 떠나고 몇 년 후, 무라카미 하루키는 포트앤 젤레스에서 혼자 살고 있는 테스 갤러거의 집을 방문했다. 하루키는 카버의 작업실에서 그가 생전에 사용했던 타자기 앞에 앉아 이제는 고인이 된 그에게 보내는 짧은 편지를 썼다. 편지를 쓰고 난 후, 카버의 유품 중 그가 평소 자주 입던 옷을 가져도 될지 테스에게 물었다. 그때 가져온 옷은 지금도 소중히 간직하고 있다고 한다.

레이먼드 카버는 하루키보다 열 살 연상으로, 쉰이라는 젊은 나이에 세상을 떠나고 말았다. 하루키는 자신이 쉰 살이 되자 레이먼드 카버에 대한 생각들을 떠올리고 한 가지 큰 결심을 하게 된다. 자신이 레이먼드 카버의 전 작품을 직접 번역하기로 마음먹은 것이다. 그리고 그동안 직접 번역하지 못한 나머지 작품을 서둘러 작업하기 시작했고, 2004년 9월에 대망의 레이먼드 카버 전집^{전 8권}을 완성했다. 장장 14년에 걸친 '헌정'이었다.

대망의 레이먼드 카버 전집[전 8권]을 완성했다. 장장 14년에 걸친 '헌정'이었다.

그가 사람들 속으로 들어가다

　미국이라는 나라는 무라카미 하루키가 여유롭게 자신의 페이스대로 집필 작업을 하기에 더할 나위 없이 좋은 환경을 제공해주었다. 과거 일본에서 쌓인 독은 서서히 풀려가는 것 같았고, 하루키는 안정을 되찾은 듯 편해 보였다.

　하지만 몇 가지 사건으로 마음속의 평화가 깨지고 말았다. 1995년 1월 자신의 고향인 고베에서 5천 명 이상이 사망하는 대지진이 발생했기 때문이다. 그리고 두 달 후 도쿄 지하철 사린가스 사건이 터졌다. 이 두 가지 사건은 무라카미 하루키의 마음을 크게 흔들어 놓았다. 민족주의와는 거리가 한참 멀어, 오히려 무국적 개인주의자에 가까웠던 하루키가 마흔여섯에 일본 독자들에 대한 책임감을 느끼기 시작한 것이다. 귀국해야 될 때인 것 같았다. 이때의 심정은 〈광고비평〉과의 인터뷰에서 잘 드러난다.

"제가 미국에서 지내는 동안 일본의 버블 경제도 붕괴되고 모든 것이 변했습니다. 불황이 시작되었고 고베 대지진과 지하철 사린가스 사건이 일어났죠. 저는 조국 그리고 독자를 위해 뭔가 할 수 있는 일이 없는지 찾기 시작했습니다."

하루키는 미국 생활의 마지막을 기념하기 위해 사진작가 마쓰무라 에이조와 자동차로 미국 대륙 횡단 여행을 하며 신변을 정리했다. 그리고 일본행 비행기에 몸을 실었다. 고향인 고베에서 자작 낭독회를 개최하면서 조국 일본과의 화해를 모색하며 또 자신이 무엇을 할 수 있을까를 고민하기 시작했다. 그는 더 이상 아웃사이더가 아니었고 아웃사이더로 있을 수도 없었다. 이 두 가지 충격적인 사건은 일본인 작가로서 사회에 대한 책임을 처음으로 느끼게 만들었다. 그러나 뭔가를 해야겠다고 생각은 했지만 글쓰기의 영역에서 해야 하는 것인지, 아니면 다른 영역에서 해야 하는 것인지 아직 알 수가 없었다.

"저는 귀국한 후 사람들이 이미 고베 대지진이나 지하철 사린가스 사건에 대해 관심을 갖지 않고 있다는 사실에 가장 놀랐습니다. 과잉 보도 때문에 다들 지쳐버린 것 같았어요. 그토록 중요하고 깊은 의미를 가진 중대 사건이 이렇게 쉽게 잊혀도 되는지 의문이 들었어요. 하지만 그런 말을 해도 아무도 호응하지 않더군요. 다들 농담으로 생각하고 말았어요. 그래서 저는 그것이 농담으로 치부될 사건이 아님을 저 나름대로 보여주자고 결심하게 되었습니다."

실제로 피해를 입은 사람이 얼마나 괴로워하고 어떤 무서운 생각을 하고 있는지는 알 수 없었다. 언론에서는 이것에 대해 보도하지도 않았지만 보도가 되었다고 해도 동정하는 정도에 그치고 말았을 것이다.

무라카미 하루키는 그와 같은 피상적인 보도 말고 다른 구체적인 체험이 있을 것이라고 확신했다. 일단 가장 인연이 오래된 출판사 고단샤에 자신의 집필 기획을 제안했다. 출판사 측은 흔쾌히 수락했지만 그가 왜 그런 일을 굳이 하려고 하는지 잘 이해하지 못했다. 무라카미 하루키가 가지고 온 집필 기획은 지하철 사린가스 사건 피해자들의 심층 인터뷰로 만들어진 논픽션이었다. 하루키는 작가로서가 아니라 충실한 청취자이자 인터뷰어로서 그들의 언어를 그대로 담아내는 역할을 하고자 했다. 출판사는 왜 직접 자신의 문장으로 쓰지 않고 남이 말한 것을 그대로 옮기는 수동적인 입장을 취하느냐고 처음에는 의아해했지만, 전체적인 윤곽이 드러났을 때 그제야 작가의 의도를 이해했다.

처음에는 인터뷰 대상자들, 즉 사린가스 사건 피해자들도 그의 의도를 잘 이해하지 못했다. '유명한 소설가'라는 것 때문에 반발하기도 했다. 그래서 하루키는 상대의 이야기를 보다 철저히 듣고 되도록이면 그것을 충실히 정리하고자 했다. 아무쪼록 자신이 인터뷰 당사자들의 절실한 진실을 잘 받아서 전달할 수 있는 성실한 매개체가 되기를 희망했다.

1996년 연초부터 연말까지, 지하철 사린가스 사건의 피해자와 관련자 62명에 대한 인터뷰는 계속되었다. 62명의 희생자들은 회사를 위해서 열심히 일하며 아침 8시면 만원 전철에 몸을 싣고 출근하는 평범하기 그지없는 사람들이었다. 그동안 무라카미 하루키가 무시하고 전혀 흥미를 갖지 않았던 이른바 '샐러리맨'들이었다. 그 사람들이 살아온 삶과 사린가스 사건을 계기로 달라진 삶에 대해 1년간에 걸쳐 듣고 기록한다는 것은 어마어마한 작업이었다. 무라카미 하루키로서도 세상을 보는 시각을 바꾸게 될 만큼 큰 프로젝트였다. 하루키는 피해자들과 이야기를 나누면서 공감할 수 있었고, 그들이 누구인지, 또 어떻게 사는지 이해할 수 있었다.

외상 후 스트레스 장애PTSD로 회사를 그만둔 사람들, 후유

증에 시달리고 있으면서도 '벌써 나아 아무렇지도 않다'고 숨기는 사람들도 있었다. 『언더그라운드』는 지하철 사린가스 사건의 피해자 52명 그리고 사망한 사람의 가족이나 관계자 8명, 총 60명을 인터뷰한 자료다. 이 책에는 '1995년 3월 20일에 자신이 어떤 경험을 했는지'에 대한 인터뷰가 실려 있다(2명은 출판할 즈음에 인터뷰 게재를 거부했다). 잇따라 옴진리교 신자들지하철 사린가스 사건을 일으킨 종교 집단에 대한 인터뷰를 담은 『약속된 장소에서』라는 책을 펴내기에 이른다.

그런 사회 지향적인 책들을 출간했다고 해서 무라카미 하루키가 일본과 평화 조약을 맺은 것은 아니다. 그는 여전히 일본의 전쟁범죄 부인을 비난하고 고이즈미 총리의 외교정책에 대해서도 비판적이다. 또한 아직도 일본 특유의 의무에 대한 강박이나 자기희생 정신을 싫어한다. 하지만 일본 사회의 매우 느린 변화에 대한 호의는 갖고 있다. 젊은 독자들이 기존의 틀에서 벗어나 조금씩 더 자유로운 사고 속에서 숨 쉬려고 하는 것에 대해 그는 희망을 가지고 있다.

일본인 작가로서의 의무를 이행했던 두 책의 집필은 하루키를 정신적으로 지치게 했을 것이다. 이들의 인터뷰를 마친 후 하루키는 미국에 있을 때 만난 적이 있는 교토대학의 심리 분석 학자이자 심리학 교수인 가와이 하야오 교수를 찾아간다. 그리고 그와 길고도 솔직한 대화를 나눈다. 가와이 교수와의 대화는 하루키의 지친 마음을 치유하는 데 큰 도움을 주었다. 원래 말수가 적기로 유명한 하루키는 일본인이라는 의식, 인간관계, 결혼 생활, 사회의 폭력성과 치유 등에 대해 허심탄회하게 털어놓았다. 무라카미 하루키는 말한다.

"가와이 하야오 교수와 이야기를 나누다 보면 머릿속의 근질근질했던 것이 풀려가는 듯해요. 불가사의한 부드러운 감각이 느껴집니다. '치유'라고 하면 과장일지 모르겠지만 대화를 나누면서 힘이 풀렸죠."

무라카미 하루키는 가와이 교수를 보며 늘 감탄해 마지않았다. 가와이 교수는 심리학자인데도 결코 자신의 생각으로 상대를 움직이려고 하지 않았던 것이다. 상대의 자발적인 사고의 움직임을 방해하지 않으려고 세심한 배려를 기울이면서 오히려 상대의 움직임에 맞춰 자신의 위치를 조금씩 변화시켰다. 자연스럽게 사고할 수 있도록 몇 가지 가능성을 제시하고, 그 행선지는 스스로 찾을 수 있도록 도와주었다.

"이렇게 자연스럽게 이야기다운 이야기를 오래 할 수 있다는 것 자체가 원래 말을 잘 못하는 나로서는 매우 희한한 일이에요. 기적에 가깝다고 할 수 있죠. 그것은 아마 가와이 교수가 '천재적인 청취자'이기에 가능했던 것 같아요."

그 며칠간의 '치료'는 그동안 『언더그라운드』와 『약속된 장소에서』를 쓰면서 엄격하고도 겸허한 마음의 청취자여야 했던 자신에 대한 작은 보상과도 같았다. 두 사람의 대화는 『하루키, 하야오를 만나러 가다』에 잘 소개되어 있다.

무라카미 하루키는 『언더그라운드』를 펴내고 난 뒤 한결 숨쉬기가 편해진 것 같았다. 과거보다 한층 더 안정된 느낌이 들었던 것이다. 1997년에는 자신이 유년기를 보냈던, 대지진의 희생이 된 고베 지역을 직접 걸으며 지진 이후의 모습에 대해서 기록하는 여행기를 펴내기도 했다. 몇 년 후에는 고베 대지진 때의 에피소드를 모티브로 한 단편소설집 『신의 아이들은 모두 춤춘다』를 선보이며 다시 한 번 고베 대지진에 대한 깊은 상실감을 표현했다.

1990년대 중후반부터는 한층 더 열린 마음으로 독자들과의 직접 소통에도 관심을 기울였다. '무라카미 아사히도 홈페이지'를 개설해 일반 독자와 이메일을 통한 교류를 시작했다.

"인터넷은 어떤 의미에서는 직접민주주의와 비슷한 부분이 있어요. 나와 정말 진지하게 연결되어 있는 것은 결국 독자밖에 없으니까요. 매스컴이나 비평가나 학자들은 일 때문에 읽지만 자기 돈으로 책을 사서 읽고 다음에 또 사야겠다고 생각해주는 사람이 저에게는 가장 소중하죠. 그런 분들의 반응이야말로 가장 흥미롭습니다."

온라인 커뮤니케이션은 낯을 가리는 무라카미 하루키에게 특히 더 좋았다. 얼굴을 보고 이야기하는 건 피곤하지만 메일 교류는 편하니까. 또한 전문적인 비평을 읽는 것보다는 평범한 독자로부터의 메일을 꼼꼼히 읽는 편이 자신의 소설이 어떤 식으로 읽히고 있는지에 대한 전체적인 분위기를 파악하는 데 보다 더 도움이 되었다.

철 도 역   디 자 이 너

『색채가 없는 다자키 쓰쿠루와 그가 순례를 떠난 해』의 다
자키 쓰쿠루는 어쩌다가 철도역 디자이너라는 독특한 직업
을 가지게 되었을까? 이에 대해 무라카미 하루키는 마치 비
밀 이야기를 속삭이듯 2014년 〈가디언〉지 인터뷰에서 그 배
경을 밝힌다.

"제가 철도역에 흥미를 가지게 된 이유가 있죠. 20대 시절, 도
쿄 지역에 재즈 카페를 열기 적절한 위치를 찾아 헤맸어요. 그
때 한 철도 회사가 어떤 기차역을 리뉴얼한다는 소문을 들었지
요. 그 기차역 출구가 어떻게 변경될지 너무 궁금했죠. 그걸 알
면 바로 그 부근에 재즈 카페를 오픈할 수 있으니까요. 물론 그

런 내부 기밀을 순순히 알려줄 수야 없지요. 모두가 다 궁금해 하는 사안이니까."

그래서 당시 와세다대학에서 연극을 전공하는 학생 신분 이기도 했던 무라카미 하루키는 철도 관련 공부를 하는 학생 으로 위장하고 그 철도 회사에 찾아가서 철도역 리뉴얼 프로 젝트의 책임자와 친분을 쌓을 수 있었다고 했다.

"물론 그렇다고 그분이 기차역의 새 출구 위치를 알려주진 않 았죠. 하지만 그는 참 좋은 사람이었고 즐거운 시간을 함께 보냈 어요. 그래서 제가 이 책을 쓸 때 문득 당시의 에피소드가 기억 났어요."

소설가의 책무

무라카미 하루키가 중시하는 가치관에는 '공정함'이 있다. 그는 어떤 일이라도 하나의 시점에서 보고 결정하는 것을 싫어한다. 인물의 평가도, 역사의 사건도 단일한 시점의 판단을 좋아하지 않는다. 가급적 다양한 증언을 채집해서 큰 그림을 그려보려고 한다.

마찬가지로 그는 세상사를 바라볼 때는 공평하게 보지 않으면 안 된다고 생각한다. 미워하는 사람이 뭔가를 한 경우에도 '왜 이 사람은 이런 일을 하는 것인가'라고 가능한 그 사람의 사정을 이해해보려는 자세를 가지려고 한다. 자신이 일방적으로 선이고 저쪽이 일방적으로 악인 것은 아니고, 결과적으로 자신이 피해자가 된다고 해도 상황에 대해서 공정한 시각을 잃지 않으려고 노력한다.

그의 이런 태도는 2009년에 전 세계적으로 화제를 모았던 '벽과 알' 수상 소감과 일맥상통한다. 이는 예루살렘 문학상 수상 때의 일이었다. 이스라엘의 팔레스타인 자치구에 대한 공격으로 1,300여 명의 사망자가 발생한 직후 열린 수상식이라서 일본 내의 팔레스타인 지원 단체들은 이스라엘의 무자비한 팔레스타인 폭격에 대한 반발로 작가에게 상을 거부해 달라고 촉구했다. 살해 위협까지 받았다고 한다. 하루키는 고민을 거듭한 후 이스라엘로 향했다. "작가는 자신이 눈으로 본 것밖에 믿지 않는다. 나는 비관여나 침묵을 지키기보다는 여기에 와서 보고 말하는 것을 택했다"고 수상식 참석 배경을 설명했다.

"내가 소설을 쓸 때 늘 마음속에 새기는 말이 있다. '혹시 여기에 단단한 벽이 있고, 거기에 부딪쳐서 깨지는 알이 있다면 나는 늘 그 알의 편에 서겠다.' 아무리 벽이 옳고 알이 그르더라도 나는 알의 편에 설 것이다. 우리는 모두 더없이 소중한 영혼과 그것을 감싸는 깨지기 쉬운 껍질을 가진 알이다. 그리고 우리 모두는 저마다 높고 단단한 벽과 마주하고 있다.

바로 '시스템'이라는 벽이다. 내가 소설을 쓰는 단 한 가지 이유는 영혼의 존엄을 부각시키고, 거기에 빛을 비추기 위함이다. 우리 영혼이 시스템에 얽매어 멸시당하지 않도록 늘 빛을 비추고 경종을 울리는 것, 그것이 바로 소설가의 책무다."

약자의 편에 서겠다는 하루키의 말은 냉엄하다. 그러면서도 알을 지지하는 것이 당연할까도 생각해본다. 책임을 가지고 100퍼센트 알 쪽에 서 있겠다고 단언할 수 있는 사람이 얼마나 될까. 알을 지지한다는 것은 단순히 약자를 지지한다는 감상적인 차원이어서는 안 된다는 것이다. 한 번 알의 편에 서기로 했다면 마지막까지 책임을 치를 각오가 필요하다고 그는 토로한다.

또한 무라카미 하루키의 '벽과 알'에서 주목해야 할 지점은 그가 '나는 약한 것들을 지지한다. 왜냐하면 약한 것들은 옳기 때문이다'라고 말하지 않았다는 점이다. 그는 옳지 않아도 약한 사람/것들의 편에 서겠다고 말하고 있는데 이런 말은 좌파적인 '정치적 올바름'에 의존하는 사람의 입에서는 절대 나올 수 없다. 좌파들은 '약한 것이 옳다'고 말한다. 하지만 약한 것이 늘 옳은 것은 아니다. 약하기 때문에 옳은 게 아니라 애초에 강한 것은 그 어디에도 없다고 생각하기 때문이다.

'벽과 알' 연설 후에도 무라카미 하루키의 목소리는 전 세계에 울림을 주었다. 『1Q84』의 전 세계적 출간 이래 노벨문학상 후보자이자 세계적인 작가로 우뚝 발돋움한 무라카미 하루키는 여러 사안에 대해서 그만의 독자적인 발언을 한다.

"저는 99퍼센트 작가지만 1퍼센트는 한 명의 시민입니다."

그는 그 1퍼센트의 목소리를 전하고자 했다. 2011년에는 바르셀로나의 한 행사에서 일본의 핵 산업을 비판했고, 2013년에는 마라토너인 세계의 한 시민으로서 보스턴 마라톤 폭탄 테러 희생자들을 위로하는 메시지를 〈뉴요커〉 전광판을 통해 전했다. 그리고 2015년에는 독자들과의 소통을 위한 홈페이지 '무라카미 씨의 거처'에 홍콩 민주화 시위 지지를 표명하고 일본의 전쟁 책임 회피를 비판하는 등 지속적으로 자신만의 목소리를 용감하게 드높이고 있다.

"한 사람의 시민으로서 저는 해야 할 말이 있으며, 해야 할 말이 있을 때 저는 명료하게 말합니다. 그 시점에서 아무도 원자력 시설을 반대하는 목소리가 없었기 때문에 저는 제가 그 반대의 목소리를 내야 한다고 생각했습니다."

성실하게 정직하게

작가의 삶

일단 소설을 쓰고 있습니다만*

일시 : 2006년 4월 13일(목) 오전 11시

장소 : 무라카미 하루키의 도쿄 아오야마 작업실

무라카미 하루키(이하 하루키)와 임경선(이하 필자)

필자   저는 이 세상에서 당신이 글을 가장 잘 쓴다고 생각
합니다.

하루키 (일자 눈썹을 치켜세우며) 어, 그래요?

하지만 믿을 수가 없군요.

필자   글을 쓰고 싶다는 생각을 하게 된 것도 당신의 책을
읽고 나서죠.

하루키 흠, 이유야 어쨌든 글을 쓰고 싶다는 마음이 들었다
는 것은 좋은 일입니다.

* 이 글은 가상 인터뷰며, 무라카미 하루키의 답변 내용은 그의 실제 인터뷰 내용
을 토대로 하여 작성했다.

집필 시간은 철저하게

필자 평소에는 언제 글을 쓰시나요?

하루키 보통 새벽에 일어나서 정해놓은 시간까지는 무슨 일이 있어도 책상 앞에 앉아 있습니다. 오늘 아침에도 4시에 일어나서 조금 전까지 글을 썼습니다. 시간을 무조건 정해놓고 책상머리에 앉아 있는 것은 레이먼드 챈들러의 방식이었죠.

필자 그럼, 그 시간 동안에는 술술 글을 쓰시나요?

하루키 기계가 아니니까 꼭 그렇진 않죠. 그래도 책상 앞에 인내심을 가지고 앉아 있습니다. 한참을 멍하니 있다가 쓸 거리가 생각나면 신나게 써내려가지요.

필자 일종의 수련 과정 같네요.

하루키 글의 소재가 생각나지 않는다고 갑자기 여행을 떠나버린다든가 하는 자극적인 사건을 일으키는 작가들은 솔직히 마음에 들지 않아요. 글쓰기는 이벤트가 아니잖아요. 어쨌든 앉아 있다 보면 어느 순간에는 글이 써져요. 또 그럴 수 있을 거라는 스스로에 대한 믿음도 있어야 합니다. 그리고 사실 전 멍하니 앉아 있는 것을 조금은 즐긴답니다.

마감을 만들지 않는다

필자 하루에 보통 원고를 얼마나 쓰시죠?

하루키 매일 4~5시간씩 쓴다고 하면 하루에 원고지 10매
정도? 한번 '10매'라고 정하면 매일 어김없이 10매
를 씁니다. 기계적으로 적금을 붓듯이 말이에요. 원
고의 양은 일정하게 늘어가죠. 하루에 10매, 한 달에
300매, 반년에 1,800매 이런 식으로.

필자 담당 편집자들이 귀찮게 하지는 않겠군요. 그렇게 규
칙적으로 쓰시니까.

하루키 천성적으로 성격이 급해서 태어나 단 한 번도 원고
마감에 늦은 적이 없어요. 대개의 경우는 3~4일 전
에 원고를 다 완성합니다. 에세이 등의 연재 원고는
늘 마감 전에 넘겼고요. 어떨 때는 3회분을 미리 갖
다 주곤 했어요. (웃음) 지난번에는 마음 편히 다니
고 싶어서 여행을 떠나기 전에 여행기를 써버린 적도
있어요. 어쩔 수 없어요. 마음이 조급해지니까.

필자 마감을 극도로 싫어하시는군요.

하루키 소설을 쓸 때는 '마감'이라는 것을 절대 만들지 않아
요. 그게 일주일짜리 단편이 될 수도 있고 4년을 투
자하는 장편으로 둔갑할 수도 있으니까요. 저는 지

금껏 '쓰고 싶다'고 생각했을 때 썼고, 쓰기 싫을 때 쓴 적은 단 한 번도 없어요. 잡지에 장편을 연재하는 것도 정확히 말하면 마감에 맞춰서 연재를 했던 것이 아니라 거의 대부분 써버린 원고를 연재한 것이죠.

동물원에 다녀옵니다

필자 집필하실 때는 미리 스토리를 정해놓고, 즉 틀을 잡아놓고 쓰기 시작하시나요?

하루키 아닙니다. 아무것도 정해진 것은 없습니다. 바로 다음 페이지에 어떤 내용이 들어갈지 나 자신도 몰라요. 그저 내 안의 멜로디를 따라갈 뿐이에요. 일단 시작하면 아무도 못 막죠. 온천수가 터져 나오듯 글이 내 안에서 넘쳐 솟아오르니까. 처음부터 이야기의 결론을 내리면서 쓰면 얼마나 지루하겠어요. 아무것도 없는 상태에서 이야기를 서서히 만들어가는 것에 소설의 진정한 의미가 있다고 생각해요. 처음엔 막막해도 반드시 의미 있는 결론에 이를 수 있다는 확신이 저에겐 있어요.

필자 그럼, 첫 단추는 어떻게……?

하루키 동물원에 다녀오면 되지요. (웃음)

필자 동물원이요?

하루키 네. 동물원에 다녀오면 늘 새로운 자극을 받아 소설
이 쓰고 싶어져요. 저는 여행을 할 때마다 현지의 동
물원에 가보는 편이에요. 제가 가본 동물원 중 베를
린 동물원이 최고였어요. 벌써 몇 번이나 다녀왔죠.

필자 갑자기 표정이 환해지시는군요.

하루키 동물이라면 가리지 않고 좋아하거든요.

필자 그래서 창작에 자극을 받으신 다음엔?

하루키 내 안에서 한두 개의 단어나 개념이 번뜩 떠올라요.
계속 맴돈다고나 할까. 『1973년의 핀볼』을 쓸 때는
'핀볼'이라는 단어가 좋아서 그냥 쓰기 시작했죠. 핀
볼이 주는 연상 이미지를 떠올리며……. 또 『양을
쫓는 모험』을 쓸 땐 이번에는 '양'에 대해서 써보자
고 해서 그런 작품이 나온 겁니다.

아, 그런데 그때는 막연하게 양에 대해 써야겠다고
생각했는데 막상 그 후엔 또 아무 생각도 나지 않더
군요. 고심 끝에 그럼 직접 양을 보러 가야겠다고 생
각했죠. 그 계절에 양을 볼 수 있는 곳은 오로지 홋
카이도뿐이었는데, 바로 비행기에 올랐죠. 그곳에 가

서 양 떼들이 한가로이 놀며 풀을 뜯는 모습을 보니까 비로소 '아, 이젠 뭔가를 쓸 수 있겠구나' 싶었습니다.

필자 준비성이 철저하시군요.

하루키 하지만 글을 쓰기 전에 '사전 조사'는 안 해요. 『태엽 감는 새』의 경우에는 원고를 다 쓰고 나서 만주와 몽골로 가서 몇 가지 사안을 확인하는 정도였지요. 상상력은 가장 큰 자산이기 때문에 미리 사실 확인부터 해서 상상에 방해받고 싶지 않았습니다.

필자 단편소설도 같은 방식으로 시작하시나요?

하루키 단편소설도 마찬가지입니다. 아이디어나 에피소드 혹은 기억나는 풍경이 하나만 있어도 가능합니다. 아니면 어떤 대사 한 줄이나 황당무계한 가설 하나만 있으면 되지요.

영화로 만들어진 「토니 타키타니」라는 단편소설 아시죠? 그 소설은 하와이 마우이 섬의 구제 옷 가게에서 산 티셔츠 주머니에 '토니 타키타니'라고 프린트가 되어 있길래 쓰기 시작했습니다. 도대체 이 사람은 어떤 사람인가 몹시 궁금했거든요. 그 덕분에 실제로 미국에서 토니 타키타니를 만날 수 있었습니다. 어쨌든 단편이 장편과 다른 점은 쓰려고 마음먹었을 때 결코 두려워해선 안 된다는 거예요. 단숨에 쓰는 거니까. 처음부터 줄거리나 구성을 만들어서 얽매일 필요도 없어요. 가장 바람직하지 않은 방식이 '이번엔 아주 끝내주는 걸 써야지!'라고 마음먹고 미리부터 머릿속에 일련의 스토리를 만들어놓고 시작하는 겁니다.

필자   천성적으로 어떤 생각도 안 나는 사람도 있지 않을까요?

하루키   누구라도 자유롭게 연상할 수는 있어요. 그것을 최대한 즐기겠다는 마음이 없다면 문제지만. 그 즐거운 상상을 '과제'로 생각한다면 이미 자유롭지 못한 거죠. 편하게 여유로운 태도로 자신의 마음을 따라가다 보면, 글의 소재는 '자신이 가야 할 곳'을 알아서 찾게 된답니다. 단편소설에서 가장 중요한 것은 이야기의 '자발성'입니다. 그래서 특히나 단편소설 초고는 3일을 넘기지 말고 단숨에 써야 합니다.

리듬의 문제

필자   그럼 소재를 발굴해서 글을 써나가는 단계로 넘어갔다면, 그다음에는 글을 쓰면서 무엇을 염두에 두어야 합니까?

하루키 리듬을 타야 합니다.

필자 리듬이요?

하루키 읽기 쉽고 즐거우려면 문장에 리듬이 있어야 합니다. 그건 작가 고유의 문체라고도 할 수 있죠. 소설의 기본 기능은 독자를 '유혹'하는 데 있습니다. 소설은 분석하면서 읽지 않습니다. 오로지 읽으면서 느끼면 되지요. 따라서 소설의 문체는 여자를 유혹할 수 있을 만큼 매력적이어야 합니다. 내가 아는 작가 중에서는 트루먼 커포티의 문체가 단연 최고였습니다.

필자 당신은 어떤 리듬을 타십니까?

하루키 『바람의 노래를 들어라』는 '재즈의 리듬'에서 나온 글이었죠. 당시는 재즈 카페를 할 때였으니까 하루 종일 재즈를 듣고 있었기 때문에 리듬이 자연스럽게 몸에 배었거든. 제 초기 작품들은 대부분 재즈의 리듬이 배어 있어요. 하지만 『양을 쫓는 모험』을 쓸 때부터 운동을 했고 그때부터 문체도 서서히 변했습니다.

필자 라이프 스타일이 바뀌면 문체도 바뀌나요?

하루키 물론이죠. 문체를 바꾸는 것은 삶의 방식을 바꾸는 것과 같은 것이니까. 체력이 강해지면서 문체에 조금 더 힘이 생기고 군더더기도 빠진 것 같아요.

필자 자신만의 리듬감이 생기면 사람들이 '아, 이건 그 작가의 글이구나'라고 확실히 알아볼 수 있겠네요?

하루키 물론 알아볼 수 있습니다. 하지만 글이 맛있어야 합니다. 문체, 즉 스타일도 중요하지만 내용도 매혹적이어야 합니다.

수정, 수정 또 수정!

필자 그렇다면 멋진 문장은 어떻게 쓸 수 있을까요?

하루키 간단합니다. 방법은 하나밖에 없습니다. 좋은 문장을 쓰려면 몇 번이라도 반복해서 읽고, 또 읽고, 수정해야 합니다. 좋은 글의 원칙은 '수정, 수정 또 수정!'입니다. 필요한 만큼, 납득할 수 있을 때까지 수정해야 합니다.

필자 음…… 수정은 정말 뼈를 깎는 작업이긴 하죠.

하루키 『해변의 카프카』를 작업할 때는 쉬지 않고 매일 180일간 써서 초고를 끝낸 후, 한 달간 쉬고 다시 두 달에 걸쳐서 수정만 했어요. 그것도 모자라서 첫 번째 수정이 끝난 후 또 한 달간 쉬면서 원고를 숙성시키고, 다시 한 달간 수정을 했답니다. 다른 장편소설의 경우에는 1년에 걸쳐 소설을 쓴 후, 또 1년에 걸쳐서 총 열다섯 번가량 고쳐 썼어요. 정말, 열다섯 번을 수정하는 것은 대단한 작업이었죠. 아무리 글 쓰는 것을 좋아하는 저라도 도중에는 정말 하기 싫어져요. 그렇다고 던져버릴 수도 없잖아요? 어쨌든 체력과 인내력이 없으면 그런 수정 작업은 죽어도 못해요.

단편소설의 경우도 단숨에 써야 한다고는 말했지만 그것으로 다가 아니죠. 3일 만에 쓴 초고는 마찬가지로 열 번이고 스무 번이고 필요한 만큼 다시 집요하게 원고 수정을 되풀이해야만 비로소 한 편의 완성된 단편소설이 탄생하는 겁니다.

필자 수정 작업을 조금 편하게 할 방법은 없을까요?

하루키 특별한 방법은 없습니다. 싫더라도 이를 악물고 원고를 읽고 또 읽어야 합니다. 물론 수정 전에 글을 숙성시키기 위한 시간 배분도 적절히 해야 합니다. 그렇게 하면 수정할 곳이 훨씬 더 잘 보이거든요. 『스푸트니크의 연인』을 썼을 때는 1년 동안 수십 번 고쳤어요. 『세계의 끝과 하드보일드 원더랜드』의 경우에는 아내 요코가 결말이 마음에 들지 않는다고 해서 결국 결말뿐만 아니라 대부분을 다시 수정했습니다. 그때를 떠올리면 지금도 징글징글합니다.

필자 말로만 들어도 머리가 아파오네요. 그렇게 인내심을 가지고 수정을 거듭한다면 누구라도 그럴듯한 문장을 쓸 수 있을까요?

하루키 그럴듯하다는 게 무엇을 뜻하는지 당신의 말이 이해는 좀 안 되지만, 어쨌든 고친 문장은 늘 그 전의 문장보다는 좋아지게 마련입니다.

반듯한 문장

필자 하루키 씨는 어떤 문장을 좋은 문장이라고 생각하십니까?

하루키 으음, 다른 모든 사람들과 차별되면서도 모든 사람들이 쉽게 이해하고 받아들일 수 있는 문장이라고 생각합니다. 예리한 리듬이 있고, 친절함이 깊이 녹아 있으며, 유머 감각도 있고, 반듯한 의지를 느낄 수 있는 문장, 쉽게 말하면 심플하고 읽기 쉬운 문장이죠.

필자 특히 심플하고 읽기 쉬운 문장이라고 말씀하신 부분이 마음에 와 닿네요.

하루키 그런데 사람들은 너무 쉽게 읽히고 어려운 말이 없으면 그 소설은 알맹이가 없다거나 경박하다는 편견을 갖곤 하죠. 그러나 저는 읽기 쉬운 문장이야말로 정말 좋은 문장이라고 생각합니다.

화려한 미사여구보다는 단순하고 알기 쉬운 단어를 사용해서 재미있는 글을 만들어내는 것이 좋은 글의 기본이자 '친절한 글쓰기'의 핵심이라 할 수 있습니다. 작가의 의무는 독자들에게 으스대며 잘난 척을 하거나 담당 편집자들을 괴롭히는 데 있는 것이 아니라, 심플하고 이해하기 쉬운 언어로 사람들을 즐겁게 해주는 데 있습니다.

필자 되도록이면 문장을 짧게 하고 쉬운 단어를 사용하면 되나요?

하루키 (고개를 흔들며) 그렇다고 무작정 단순하기만 하면 재미없습니다. 사람들을 즐겁게 해주는 글을 쓰려면 소설적인 기교가 필요하고 그때 '문체의 마술', 즉 작가 고유의 리듬이 등장해줘야 합니다.

필자 그렇군요. 하지만 당신의 문장은 짤막짤막해서 그런지 이왕이면 문장은 짧게 하는 것이 좋지 않을까 생각해보았습니다.

하루키 되도록이면 긴 문장보다는 짧은 문장을 택하는 게 맞긴 해요. 굳이 긴 문장을 써야 한다면 어렵고 지루하게 느껴지지 않도록 하는 고도의 기술이 필요하니까. 그런데 짧아도 충분히 의미가 통하는 문장을 일부러 길게 만들어서 멋을 부리려는 사람들이 너무 많은 것 같더군요. 가끔 독자들이 보내오는 문장들을 읽어봐도 30퍼센트 정도 군살을 빼면 훨씬 좋을 것 같다는 생각이 들어요.

필자 자신감이 없어서 그러는 거 아닐까요?

하루키 사실 되도록이면 단순하고 알기 쉬운 문장으로 깊고 복잡한 소재에 대해 쓰면 가장 재미있는 글이 된답니다. 달리 말하면 어렵게 맛있는 소재를 찾아내서 평범하게 쓰는 것보다 평범한 소재를 찾아서 맛깔스럽게 쓰는 편이 저는 더 좋아요.

내용 면에서도 비정상적인 사람들에게 비정상적인 일이 벌어지는 것이나 정상적인 사람들에게 정상적인 일이 일어나는 스토리가 아닌 '정상적인 사람들에게 비정상적인 일이 벌어지는' 스토리가 더 좋고요.

필자 일상적으로 흔한 소재를 '하루키식'으로 만들어서 친절한 서비스 정신으로 손님 앞에 정성스레 내놓는 것? 손님들은 기쁜 마음으로 칭찬하겠군요.

하루키 이왕이면 참 잘 썼다고 칭찬받는 것보다 몇 번씩 되풀이해서 읽었다는 말씀을 해주시면 고맙죠. 그 말을 듣는 것이 가장 기쁘니까.

맛깔스러운 비유

필자 하루키 씨의 문장을 얘기할 때 '비유'를 말하지 않을 수가 없죠. 어떻게 하면 당신의 주인공들처럼 그렇게 생생하고 멋진 비유를 할 수 있을까요?

하루키 흠, 그래요? 잘 쓴다고 생각한 적은 별로 없어요. '이제부터 정말 모두를 깜짝 놀라게 해줄 비유를 하나 뽑아 볼 거야'라고 마음먹고 쓰는 것도 아니고요. 그냥 자연스럽게 나온답니다.

필자 당신의 비유를 읽다 보면 저절로 미소를 짓게 됩니다. 예를 들어 "온 세상의 정글에 있는 호랑이들이 다 녹아서 버터가 될 만큼 사랑해" 같은 것도. (웃음)

하루키 『노르웨이의 숲』의 주인공이 미도리에게 한 말이죠? 적절한 비유를 통해 여러 가지를 조금이라도 더 알기 쉽게, 조금이라도 더 실감나게 쓸 수 있다면 참 다행이죠. 일상생활에서도 무의식중에 아내에게 그런 비유를 쓰다가 얼마나 구박받는지 몰라요. "나한테까지 그런 투로 말할 건 없잖아?"라며 버럭 성질을 내더군요.

마일스 데이비스에 대해서

필자 레이먼드 챈들러의 작업 스타일을 참작하신 것 외에 혹시 다른 역할 모델이 있으셨나요? 아니면 영향을 주었던 스승이나.

하루키 글쓰기에서 스승은 없었습니다. 혼자서 생각하고 혼자서 글을 썼죠.

필자 그랬군요.

하루키 하지만 글을 쓰는 방식에서 재즈 뮤지션인 마일스 데이비스의 영향을 많이 받았죠. 마일스 데이비스는 재즈 업계에서 새로운 트렌드가 유행할 때마다 늘 선두에 서서 새로운 영역을 개척해나간 사람입니다. 그리고 나선 그 새로운 연주 기법의 '끝장'을 볼 때까지 파고들었죠. 그렇게 나사를 조일 만큼 조였다 싶으면 또 그때는 손을 확 놓아버리고 완전히 다른 기법이나 스타일로 미련 없이 옮겨갔죠.

그런 식으로 늘 한곳에 안주하지 않고 새로운 것에 도전했던 그의 스타일을 지금껏 존경해왔답니다.

필자 그러고 보니 마일스 데이비스의 음악 스타일과 당신의 글 스타일은 좀 비슷한 구석이 있는 것 같군요. 오버하지 않는 명료한 심플함이랄까?

하루키 그 양반은 어쨌든 늘 그런 식으로 30여 년간 재즈 업계의 제일선에서 항상 새로운 시도를 해왔어요. 제가 그로부터 배우고자 한 것은 '새로운 것을 두려움 없이 받아들이는 다이내믹함'과 '그 후의 철저한 나사 조임' 그 두 가지였죠.

인생은 고독한 것

필자 당신의 소설에는 뚜렷한 결말이나 답이 없는 경우가 많습니다. 왜 그렇게 하신 거죠? 조금 성의가 없다는 문단의 공격도 받으신 것 같던데.

하루키 전 결말에 대해서는 모든 가능성을 열어놓고 싶어요. 나의 독자라면 그 '개방성'에 대해 이해해줄 거예요. 그것이 제가 독자에게 줄 수 있는 '친절함'이 아닐까 생각해봅니다. (잠시 머뭇거리며) 뭐, 상대가 그것을 친절함으로 받아들여줄지는 모르겠지만 적어도 소설이란 답이 없는 것이고, 거꾸로 말하면 답은 독자 수만큼 존재한다는 것을 말씀드리고 싶어요.

필자 뚜렷한 결말은 없지만 뚜렷한 메시지는 있지 않을까요?

하루키 독자마다 소설을 통해서 얻는 메시지가 다 다를 겁니다. 그렇지만 저는 기본적으로 모든 인생은 고독한 것이라고 말씀드리고 싶어요. 사람과 사람이 서로를 이해하는 것은 불가능하고 그것만은 변하지 않는 사실이라고 확신하지만, 그 고독이라는 채널이 있기 때문에 우리는 타자와 소통할 수 있으니까요. 제가 소설을 쓰는 의미는 어쩌면 거기에 있을지도 몰라요.

필자 희망을 말씀하시는 건가요?

하루키 제 주인공들을 보면, 늘 뭔가 자신에게 중요한 것을 찾기 위해 방황하죠. 그가 무엇을 찾느냐가 중요하다기보다는 사실 찾아가는 과정 그 자체가 더 중요합니다. 주인공은 혼자 외로이 서 있고 그 가운데 최선을 다해 노력해야 하는 상황에 놓이죠. 그리고 그 과정에서 여러 사람에게 상처를 입히고, 시간을 허비하고 가능성을 잃어버리곤 합니다. 그것이 우리들의 있는 그대로의 삶입니다. 상실감의 그림자 아래에서 산다고나 할까요. 그러나 일단 산다는 것을 선택한 이상, 제 주인공들이나 우리 모두는 전력을 다해서 살아가지 않으면 안 된다고 생각해요. 그것을 희망이라 부르고 싶다면, 그건 희망일 수 있겠네요.

필자 소설이 우리 모두에게 희망과 용기를 주는 부분은 분명히 크지요.

하루키 크다고도 볼 수 있지만 그렇다고 문학을 절대시하고 싶지도 않아요. 문학은 '고급문화'고 숭고하니까 고이 보호받아 마땅한 것이 아니라 대중문화인 TV, 잡지, 영화, 비디오, 게임 등과 대등하게 경쟁해야 한다고 생각합니다. 조금 전에도 잠시 언급했지만 문학이 독자들에게 훈시하는 그런 정서는 마음에 들지 않거든요.

필자 예전에 인터뷰에서 그런 말씀을 하셨다가 대중작가들과 순수문학 작가들, 양쪽에서 견제를 받으셨던 것으로 알고 있는데요.

하루키 그런 말을 했다고 이상하게 다들 저를 미워하더라고요. (웃음) 저는 그저 어느 쪽에 치우치지도 않고 자

189

신의 스타일에 맞는 편안한 중간 지점을 선택해서 새로운 일을 시도했던 것뿐이에요. '작가성'이라는 것도 제 경우, 오로지 작품에만 한정 짓고, 일상생활과 인간관계는 여느 평범한 사람들처럼 유지해나가고 있어요. 전 긴자의 고급 요정에서 비싼 술을 접대받는 것보다 동네 생선 가게에 들러 그날의 신선한 생선을 골라 집에 가서 요리해 먹는 것이 더 행복하거든요.

독자에 대해서

필자 그래도 많은 독자들이 하루키 씨를 좋아하는 건 잘 아시죠?

하루키 예, 한국 독자분들이 많이 사랑해주신다는 건 알고 있습니다. 독자들과 소통할 수 있는 홈페이지를 개설했을 때도 많은 한국분들과 재일 교포들이 찾아주셨죠.

필자 그런데 한국 음식은 별로 안 좋아하신다면서요?

하루키 아, 어떻게 아셨습니까? 하지만 음식으로 치면 중국 음식이 더 젬병입니다. 특히 라면과 만두로 저를 충분히 고문할 수 있답니다. (웃음)

필자   한국에서 왜 그렇게 인기가 많은지 알고 계시나요?

하루키 1990년대 초반부터 한국 독자들이 제 책을 많이 읽어주신 것으로 기억합니다. 지금은 중국에서 제 책들이 많이 팔리는 것 같던데요. 우연의 일치일지는 모르겠지만 이념 대결이 무너지고 젊은이들이 혁명에 대한 열정에 피로를 느끼면서 '개인'과 '일상'의 가치가 대안으로 찾아왔을 때 독자들이 제 책을 찾게 되는 것 같습니다. 그래서 그런지 그 당시 한국 기자들은 유달리 저에게 '개인주의'나 '도시적 감성', '서구 지향성', '탈이념' 등의 코드에 대해 궁금해했던 것으로 기억합니다. 제가 말하고자 했던 것은 그게 다가 아니었는데도, 아무래도 시기적인 탓도 있어 그런 특징들이 더 크게 부각된 것 같습니다.

필자   1990년대 초반에는 분명히 그런 분위기가 있었고 그 가운데서 하루키 씨의 작품은 젊은 독자들에게 기존에는 찾아볼 수 없었던 '신선한 그 무엇'으로 받아들여졌을 겁니다. 심지어 많은 한국인 작가들이 당신으로부터 영감을 받기도 했으니까요. 일본 독자들은 당신의 어떤 부분에 가장 매료되었다고 생각하세요?

하루키 그런 질문은 참 대답하기 곤란하지만, 아마도 주 독
자층인 20대나 30대의 경우, 그들의 가장 절실한 고
민 주제가 '어떻게 하면 진정한 자기 자신으로 살아
갈 수 있을까'일 텐데, 제 소설이 그런 부분을 많이
다루고 있기 때문이 아닐까 생각합니다.

필자 맞습니다. 정말 국적을 불문하고 공감이 되는 주제
지요. 저는 개인적으로 하루키 씨가 고독과 상실감
을 정면으로 다룬 점에 매료되었습니다. 주인공들은
겉으로는 평범한 삶을 영위하지만 눈에 보이지 않는
소외와 고독이라는 질병을 앓고 있으니까요. 사실
우리 모두가 그렇지 않나요?

하루키 흠. 제 주인공들은 확실히 권력과 욕망의 노예는 아
니지요.

필자 아마 대부분의 독자는 읽으면서 그 주인공들이 '나
자신'이라고 생각할 겁니다.

하루키 그렇게 생각해주신다면 더할 나위 없이 기쁘죠. 소
설 속의 주인공이 되어버리는 것, 그것이 소설을 읽
는 옳은 방법이에요.

필자 그렇다면 소설 속 주인공들은 우리에게 이 지루하고
도 험난한 세상을 현명하게 살아나가는 방법 혹은

그 의미를 기꺼이 가르쳐줄까요?

하루키 인생이라는 건 '질 걸 빤히 아는 게임'을 하는 것과 같아요. 빠르든 늦든 우린 언젠가는 쓰러져 죽으니까. 존 어빙도 '인생은 불치병일 뿐이다'라고 말했잖아요. 어찌 되었거나 빤히 질 걸 안다면 규칙을 지켜 제대로 지는 것도 후회가 되진 않을 듯합니다. 아마 주인공들도 몸소 그렇게 실천하고 있겠죠?

필자 그렇다면 하루키 씨, 당신이 세상을 살아가는 의미는 무엇인가요?

하루키 사는 것의 의미요? 저도 모르죠. 하지만 사는 동안에는 되도록이면 제대로 반듯하게 살자, 그 정도만 생각한답니다.

긴 인터뷰가 끝났다고 말하니, 그는 그제야 내 눈을 똑바로 쳐다보고 기쁜 듯이 "어, 그래요"라고 대꾸했다. 사진을 찍으려고 하자, 꼭 찍어야 하느냐고 조금 투덜거리다가 이내 누그러졌다. 대신 "설마, 나가서 찍는 건 아니겠죠? 제가 일하는 모습으로 설정해서 찍자고 하는 건 아니겠죠?"라며 잔뜩 겁먹은 표정으로 물어보았다. 그러고 나서 어색했는지 갑자기 불쑥 일어나서 창가로 걸어가 아오야마 묘지를 내려다보며 혼자 중얼거렸다.

"이렇게 가만히 정적을 음미하면, 지구가 천천히 돌아가는 게 느껴져요."

장거리 주자

무라카미 하루키는 자신의 인생에서 가장 잘한 일은 서른 셋의 나이에 시작한 운동이라고 말한다. 당시 주변 대다수의 일본 문인들은 몸을 망가뜨리며 폭식과 폭음을 일삼고, 불건전하고 퇴폐한 생활에 일부러 빠지는 모습을 보여주었다. 이럴 때 그의 체력 단련은 기이한 일로 받아들여졌다. 하지만 언제나 그래왔듯이 하루키는 자신의 스타일대로 밀고 나갔다. 다른 문인들이 독을 끌어안으며 살아가는 방식을 부정하고 싶진 않았지만 포화점에 이르면 분명히 폭발할 것이라고 믿었고 하루키는 기꺼이 다른 길을 선택했다. 드라마틱한 방법으로 요절하고 싶지도 않았고 대의를 외치며 할복자살하고 싶은 생각은 더더욱 없었다. 하루하루 부지런히 운동하며 열심히 소설을 쓰고자 할 뿐이었다.

그런 그 역시 소설을 쓰기 전까지만 해도 몸에 별다른 관심을 갖지 않았다. 아니, 학창 시절에는 체육 시간을 가장 싫어했을 정도였다. 하지만 재즈 카페를 운영하면서 불규칙했던 생활 습관과 담배와 술은 건강에 영향을 주었고, 겸하여 소설을 쓰기 시작하면서 체력의 중요성을 더욱 통감하게 되었다. 동네 수영장에 꼭두새벽부터 가서 혼자 유유자적하게 수영하는 것을 즐겼던 하루키는, 자신의 운동 메뉴에 '달리기'를 추가했다. 달리는 것은 도구나 돈, 상대나 장소에 구애받지 않고 아무 때나 할 수 있어서 좋았다. 뛰면서 혼자 여유 있게 생각에 잠기는 것도 퍽 괜찮았다. 일주일에 여섯 번, 평균 하루에 한 시간 정도는 뛰었다. 아무리 바빠도 하루에 23시간만 있다고 가정하고 무조건 적어도 한 시간은 운동에 할애했다. 비가 오는 날은 밖에서 조깅은 못하더라도 아파트 계단을 오르락내리락해야 직성이 풀렸다.

내친김에 그는 마라톤을 시작하게 되었고 수십 차례의 국제 마라톤 대회에서 풀코스를 달렸다. 최고 기록은 3시간 25분. 마라톤에 이어 철인 3종 경기에도 흥미를 갖게 되었고, 100킬로미터짜리 울트라마라톤을 사력을 다해 완주한 적도 있다. 그는 어느덧 운동 없이는 못 사는 운동광이 되어버렸다.

운동이 가져다준 몸의 긍정적인 변화는 작가로서의 삶도 놀라울 정도로 바꿔놓았다. 오랫동안 피우던 담배를 끊었고 맥박과 근육 그리고 체형과 식생활도 달라졌다. 덕분에 문장의 호흡도 길어지고 문체에는 힘이 붙게 되었다. 처녀작『바람의 노래를 들어라』와 한창 운동할 때 집필한『태엽 감는 새』의 문체를 비교해 봐도 쉽게 알 수 있다.『바람의 노래를 들어라』의 경우 호흡이 딱딱 끊어질 만큼 짧고 가팔랐다면『태엽 감는 새』의 호흡은 훨씬 길어지고 깊어졌다. 그렇다고 이 동안의 작가가『바람의 노래를 들어라』의 문체가 나쁘다고 생각하는 것은 아니다. 다만 그때 그대로의 호흡을 지금까지 유지해왔다면 아마 지금쯤은 아무도 자신의 소설을 읽지 않게 되었을 것이라고 말할 뿐이다.

운동이 글쓰기에 미치는 영향은 짧은 기간 동안 잡문만 써온 나도 크게 공감하는 바다. 몸의 컨디션은 그대로 글의 컨디션으로 나타난다. 처음에는 시간이 아까워서 무작정 책상 앞에서 버티곤 했다. 그러나 지금은 책상 앞에 앉기 전에 한 시간 정도 운동을 하고 나서 글을 쓴다. 이 방법이 훨씬 더 효과적이다. 운동은 글을 쓰는 데 집중력과 지구력을 키워주기도 한다. 가만히 앉아 있긴 하지만 한 시간만 집중해서 써도 몸은 금세 파김치가 되고 만다. 어떤 사람은 잠을 충분히 자고 나야 글을 잘 쓸 수 있다고도 한다. 그러나 내가 여러 실험을 해본 결과, 운동이 가장 확실했던 것 같다. 엉덩이가 무거운 것은 결코 나에게도 미덕이 아니었다.

무라카미 하루키가 무려 4년 동안 공들인 역작『태엽 감는 새』를 집필했던 상황만 봐도 운동이 글쓰기의 집중력과 지구력에 얼마나 큰 영향을 미치는지 잘 알 수 있다. 그는 3개월 동안 집중해서 쓰고 잠시 한두 달 쉬면서 다른 일을 하다가 또다시 3개월간 집중해서 소설을 이어 써내려가는 방식으로 4년을 보냈다. 그의 '3개월 집필 기간'을 다시 들여다보면 그 3개월 중 실제로 정말 중요한 시기는 딱 2주의 '고농축 집중 기간'이었다. 하루키는 가장 중요한 이 시기를 '내 안의 우물에 들어갔다가 나온다'고 표현한다. 자신의 생각 속으로 깊이 들어가서 그 안에서 이야깃거리를 퍼 오는 행위에는 부단한 체력과 집중력이 필요했다. 그렇게 하지 않으면 어떻게 하루에 14시간 동안 스트레이트로 집필하면서 거의 아무것도 먹지 않고, 잠도 안 자는 생활로 그 시기를 버텨낼 수 있겠는가? 자기 안에 있는 '괴물'이 놀라서 나오게 만들어야 하는데 몸이 건강하지 않으면 힘없이 괴물에게 잡아먹히고 말 것이다.

책을 쓰는 도중에 죽지 않기 위해서도 하루키는 운동을 계속했다. 그는 장편소설을 쓸 때마다 늘 '죽고 싶지 않다'는 상념에 사로잡힌다고 한다.

"나는 지금 50대고 소설 한 권을 쓰기 위해 보통 3년이 걸리는데, 죽을 때까지 과연 몇 권이나 더 쓸 수 있을지 생각을 안 할 수가 없어요. 이제부터는 카운트다운이거든요. 그래서 난 소설을 쓸 때마다 기도해요. 이 책을 다 쓸 때까지 살게 해달라고."

어떤 일이 있어도 작품을 완성하기 전에 죽으면 안 되는 또 다른 이유로는, 지금 여기서 죽어버리면 이게 유작이 되는 셈인데 그것만으로 최종 평가를 받기엔 억울하다는 것이다. 그는 앞으로 더 잘 쓸 수 있고, 아직 못 다한 이야기가 많이 남아 있기 때문에 그 전에 죽는 것은 생각만 해도 무서웠다. 글을 쓰지 않을 때는 죽음에 대해서 전혀 생각하지 않는 타고난 낙천주의자인데!

운동을 통한 육체 단련은 하루키에게 올바른 정치의식도 심어주었다. 〈브루터스〉와의 인터뷰에서 그는 말한다.

"내가 이토록 열심히 운동을 하고, 운동하는 것에 대한 글을 쓰다 보면 가끔 '신체장애 때문에 운동을 할 수 없는 사람들에 대해서도 생각 좀 하고 써라. 너무 오만한 것 아니냐'는 비판을 받을 때가 있어요. 하지만 제가 봤을 때는 오히려 건강한 몸을 가지고 있으면서도 신경 쓰지 않고 감사한 마음을 갖지 않는 것이야말로 신체장애인들에 대한 실례가 아닐까 생각합니다."

하루키는 맹인 마라톤 대회에 참가해서 시각장애인과 같이 뛰는 등 육체의 의미를 공유하기도 했다. 무라카미 하루키에게는 어떤 신체적인 장애가 있는가보다는 얼마큼 진지하게 자신의 육체를 의식하고 사느냐가 더 중요했다. 한편 운동을 통해 그는 인간 육체의 한계도 깨달을 수 있었다. 그 유한성을 겸허히 받아들임과 동시에 그것을 극복하고자 노력하는 것이야말로 올바른 삶의 자세라고 보았다.

운동은 무라카미에게 건강한 정신과 육체를 주며, 좋아하는 일을 오래할 수 있도록 도와주는 친구였다.

"나는 누가 뭐라고 해도 장거리 주자 타입입니다. 장거리 주자들은 충동적으로 운동하지 않습니다. 이들은 오랜 시간을 들여 꾸준히 하는 타입이죠."

그래서 그는 오늘도 여전히 태양과 함께 눈을 뜨고 태양이 지면 잠자리에 들 준비를 한다. 그것은 그에게 매우 기분 좋은 일이다.

"나는 TV도 안 보고 일찍 자고 일찍 일어납니다. 운동도 하고 되도록 바람도 안 피우죠. 이런 건 결국 형식일 뿐이지만 이 형식이야말로 정말 중요하다고 생각해요."

완벽한 사랑의 모습

'소설 속 여자 주인공들 중 누가 가장 매력적인가'라는 설문 조사를 출판사에서 진행한 적이 있었는데 그때 1위가 바로 『노르웨이의 숲』의 고바야시 미도리다. 『노르웨이의 숲』의 또 다른 여자 주인공 '나오코'가 남자들의 잊지 못할 첫사랑의 이미지이자 비밀스럽고 깊은 정적을 품은 조금은 어두운 여자라면 미도리는 통통 튕겨 나오는 여름 햇살 같은 여자다. 생명력 넘치고 자유분방하고 패기 넘치며 어떻게든 자기 방식으로 살아나가려고 한다. 그녀의 천진난만함, 밝음, 엉뚱함 같은 특성을 두고 많이들 매력적이라고 하는데 나는 왜 미도리가 그리도 짠할까. 여느 하루키 소설의 여자 주인공들처럼 밝아 보이기만 한 그녀 역시도 슬픔과 결핍이 깃들어 있다.

죽을 때까지 시간이 오래 걸리고 엄청 괴로워하다가 나중엔 살아 있는지 죽어 있는지조차 모르는 상태를 거치는 뇌종양으로 인한 부모님의 죽음은 미도리에게 최악의 죽음이었다.

또한 미도리는 와타나베의 선 긋기에 상처를 받았다. 능동적이었던 것은 늘 미도리였고 와타나베는 그녀에게 아무것도 요구하지 않고 항상 자신의 닫힌 세계 속에 웅크리고 있었다.

미도리가 바라는 것은 완벽한 사랑이었다. 그리고 그녀에 따르면 완벽한 사랑은 이런 모양을 하고 있다.

"내가 바라는 건 그냥 투정을 마음껏 부리는 거야. 완벽한 투정. 이를테면 지금 내가 너한테 딸기 쇼트케이크를 먹고 싶다고 해, 그러면 넌 모든 걸 내팽개치고 사러 달려가는 거야. 그리고 헉헉 숨을 헐떡이며 돌아와 '자, 미도리, 딸기 쇼트케이크' 하고 내밀어. 그러면 내가 '흥, 이제 이딴 건 먹고 싶지도 않아'라며 그것을 창밖으로 집어던져버려. 내가 바라는 건 바로 그런 거야. (…) 그리고 난 남자애가 이렇게 말해줬으면 좋겠어. '알았어, 미도리. 내가 잘못했어. 네가 딸기 쇼트케이크를 먹기 싫어졌다는 거 미리 알았어야 했는데. 난 정말 당나귀 똥만큼 멍청하고 센스가 없어. 사과하는 의미에서 다른 걸 하나 사다줄게. 뭐가 좋아? 초콜릿 무스, 아니면 치즈 케이크?"

"그다음은 어떻게 되는데?"

"난, 그만큼 더 상대를 사랑해주는 거지."

이렇게 투정을 부려도 상대가 나를 사랑해줄 거라는 꿈을 품는 것은 과다한 욕심일까. 남자도 여자를 좋아하니까 기꺼이 행복하게 항복할 수 있는 것이다. 내 바닥 혹은 어두운 면까지 받아줄 수 있는 온전한 내 편을 바라는 마음, 나도 그 이상으로 그 사람을 사랑할 수 있다는 자신감, 그런 것들이 미도리의 마음에서 전해져온다.

　게다가 귀여운 폭군처럼 먹고 싶은 케이크를 자신의 변덕에 따라 매번 새로 사오라고 남자 친구한테 명령하는 걸 꿈꾸지만 그건 어렸을 때 어리광을 못 부려봤기에 나올 수 있는 투정일 것이다. 케이크를 계속 갖다 바쳐야 하는 것은 늘 미도리의 역할이었던 것이다. 소설의 말미에 와타나베는 긴 방황 후 미도리에게 돌아와서 그녀와의 새로운 출발을 고하지만 미도리는 긴 침묵 후에 조용히 대답한다.

　"당신, 지금 어디에 있는 거야?"

　그 안에서 와타나베의 성장통에 휘둘린 미도리의 깊은 상처를 엿볼 수 있어서 더욱 짠하다. 하지만 자신의 감정에 정직하다는 것이 뭔지를 보여주고 몸 사리고 손해 보는 것을 두려워하지 않는 미도리는 역시 같은 여자가 봐도 멋지다.

전업 작가의 즐거움

세상에는 천재적인 작가들이 분명히 존재하는 듯하다. 별로 고민하지 않아도 자연스럽게 글을 쓰기 시작하면 한 권의 소설이 완성되는 사람들. 스무 살 무렵에 작가로 데뷔하는 사람들은 대부분 그런 타입으로 분명히 '천재'로 불릴 만하다.

하지만 무라카미 하루키는 전혀 그런 타입이 아니었다. 자연스럽게 떠오르기는커녕 끊임없이 운동해가며 체력을 쌓은 뒤 자기 안에 있는 우물 속으로 들어가 뭔가를 퍼 오지 않으면 안 되었다. 변변한 스승도 없이 습작 한번 해보지도 않고 서른 전후에 늦게 데뷔한 하루키는 그래도 스스로가 글을 쓸 수 있다는 사실을 발견한 '행운의 사나이'라고 생각했다. 그래서 작가가 된 것에 대해 늘 감사하는 마음을 가지고 살기로 했다. 그리고 일단 운 좋게 소설가가 된 이상, 죽을 때까지 소설을 써야겠다고 결심했다.

만약 하루키가 스무 살 언저리에 극적으로 데뷔했더라면

아마 그런 생각은 하지 못했을 것이다. 하지만 그는 20대 때 큰 빚을 지고 육체노동을 하며 직접 생계를 책임졌다. 꽤나 힘든 일도 겪었고, 인생이 얼마나 가혹하고 만만치 않은 것인지도 깨달았다. 그 힘든 시기를 거쳐 소설가가 될 수 있었으니 어떻게든 자신의 업인 글쓰기에 최선을 다해야겠다고 생각했다.

사실 소설을 지속적으로 쓴다는 것은 무척 힘든 일이다. 마라톤 코스 완주에 비유할 정도로 고통스럽다. 그래서 글쓰기에 천부적인 재능을 가진 사람들도 실패하는 경우가 많다. 소설을 한 권 써놓고 더 이상 못 쓰게 된 작가도 꽤 된다.

오랫동안 소설가로서 명맥을 유지하려면 소설가라는 '틀'에 자신을 끼워 맞춰야 하는데, 이 과정이 쉽지 않다. 하루키가 보기에 이를 할 수 있는 사람 혹은 기꺼이 하고자 했던 사람은 몇 안 되었다. 어니스트 헤밍웨이와 잭 런던은 자살해버렸고, 스콧 피츠제럴드와 레이먼드 챈들러는 알코올중독자가 되었다. 또 트루먼 커포티는 자신을 파괴해나갔다. 작가가 되는 것은 재능만 있으면 그다지 어렵지 않지만 오랫동안 작가로 '남는다는 것'은 무척이나 힘든 일이라고 하루키는 역설한다.

비장하게 작가론을 논하는 무라카미 하루키지만, 정작 본인에 대해서는 '그래도 역시 작가만큼 좋은 직업은 없다'며 〈광고비평〉과의 인터뷰에서 미소를 지으며 대답했다.

"글 장사는 힘들지만 굉장히 재미있어요. 나도 여러 가지 일
을 해보았지만 글쓰기만큼 편한 것도 없거든요. 사람들과 억지
로 사귀지 않아도 되고, 출근하지 않아도 되고, 일하고 싶을 때
일하고 쉬고 싶을 때 쉬고……. 또 손님들에게 머리 숙일 필요
도 없지요. 이렇게 좋은 일이 또 어디 있겠어요?"

굉장히 힘든 일이지만 또 이만큼 좋고 편한 직업도 없다는
하루키는 그래서인지 소설을 한번 써보고 싶다는 사람들에
게 써보라고 흔쾌히 말한다. 소설을 쓰기 위해서는 풍부한 인
생 경험이나 화려한 어록 노트 따위는 별로 필요 없고 일단
무조건 많은 책을 다양하게 읽으면 된다고 말한다. 또 그것
이 가장 효과적인 '준비'가 된다고 강조한다. 누구나 한 번쯤
은 소설을 쓸 수 있고, 재능이 좀 있다면 어쩌면 썩 괜찮은 소
설을 쓸 수 있을 것이라고 말한다. 운이 좋으면 문학상을 탈지
도 모른다며.

동종 업자와 대화하는 법

무라카미 하루키와 무라카미 류, 이 두 남자가 성이 같은 것 말고 대체 어디 하나 닮은 데가 있을까? 어느 무라카미의 책을 좋아하느냐에 따라서 상대의 성향을 알 수 있을 정도로 둘의 스타일은 다르다. 두 사람은 각자의 개성으로 비슷한 시기에 일본 문학계에 신선한 자극제가 되었다.

하루키와 류는 워낙 달라서 친분이 전혀 없어 보이기도 하지만, 실제로 이 두 사람의 인연은 꽤나 오래전으로 거슬러 올라간다. 무라카미 하루키가 고쿠분지 시에서 재즈 카페 '피터 캣'을 할 때 무라카미 류는 근처에 있는 무사시노 미술대학에 다니는 대학생이었다. 무라카미 류는 종종 '피터 캣'에 들러서 시간을 보냈다. 하루키가 아직은 재즈 카페 주인으로 바쁠 무렵 그보다 세 살 어린 류는 한발 앞서 데뷔작 『한없이 투명에 가까운 블루』로 160만 부라는 경이적인 베스트셀러를 기록했다. 그것도 모자라 일본 최고의 문학상, 아쿠타가와 상을 수상하는 영예까지 한꺼번에 얻었다. 류는 저돌적이고 자유분방했으며 에너지가 넘쳐흘렀다. 무라카미 류의 책은 나도 대부분 읽었지만, 그는 정말 자극적이고 동물적이며 기가 센 것 같다. 류의 작품은 부리부리하다는 느낌을 지울 수가 없다. 몸이 허약하거나 기운이 약해졌을 때는 절대로 류의 책을 제대로 읽어낼 수가 없을 정도니까. 그런데 그와 달리 또 다른 무라카미 씨, 하루키의 경우는 어찌나 담백한지 모른다.

이런 타입들은 늘 한 반에 같이 존재한다. 한 명은 불량스럽고 목소리가 크긴 하지만 나름대로 의리가 있어 아이들의 리더가 되며, 공부는 벼락치기해서 겨우 턱걸이로 합격하는 스타일이다. 그리고 또 다른 한 명은 언뜻 존재감이 희박해 보이고 여자들의 동정심을 유발할 것 같지만 심지가 굳기 때문에 결정적인 순간에는 자신의 소신을 굽히지 않고 주장할 줄 아는 근성이 있다. 하지만 자기가 좋아하는 공부에만 빠져 열심히 하는 타입인 하루키 학생은 류 학생과 결과적으로 별반 차이가 없다.

그러나 이런 두 사람에게도 흥미로운 공통점이 있었다. 두 작가 모두 부모의 직업이 교사였다. 무라카미 하루키의 부모님은 고등학교에서 일본 문학을 가르쳤고, 무라카미 류의 아버지는 고등학교 미술 선생님이면서 화가였다. 하루키의 부모님이 전통을 중시하는 고풍스러운 스타일인 것과 달리 류의 아버지는 아들이 고등학교 재학 시절 데모를 했을 때도 적극적으로 지지했을 정도로 개방적인 타입이었다. 또한 두 사람 다 미국 문화의 영향을 크게 받고 자랐는데, 무라카미 하루키가 고베 항 부근 헌책방에서 직접 미국 소설집을 사서 모으며 로큰롤과 재즈를 열심히 듣는 등 의도적으로 미국 문화와 문학에 심취했다면, 류의 경우는 미군 기지가 있는 규슈 사세보 항에서 자랐기 때문에 의도적으로 미국을 의식할 필요가 없었다. 그냥 미국은 자연스럽게 자신의 일부가 되었다고나 할까. 그리고 두 사람 모두 운동을 즐겼다. 하지만 하루키는 뛰고 수영하는 등 자기 자신과 겨루는 운동을 즐기는 반면, 류는 역동적이고 승부가 확실한 테니스를 가장 즐겼다.

확연한 차이점도 있었다. 무라카미 류가 마감이라는 제약이 있지 않으면 글을 쓰지 못하는 스타일이었던 반면 무라카미 하루키는 마감이 있는 일을 피할 정도로 싫어했다. 두 사람 역시 타고난 작가였기 때문에 '작가'라는 직업이 그 어떤 일보다도 체질에 맞는다고 생각했다는 점에서는 같았지만, 류는 영화감독을 하거나 쿠바 음악에 심취해 다채로운 행사를 기획하는 등 자유롭게 자신의 본능에 따라 새로운 것을 개척해나갔고, 원래 에너지가 넘치는 인물인지라 다른 유명

인과의 교류도 활발했다. 그에 비해 '한 우물만 파는' 하루키는 누가 뭐라고 해도 자기 페이스를 지켜가며 호젓하고 심플하게 살아왔다.

류와 하루키의 이런 스타일 차이를 그대로 보여주는 일화가 있다. 『노르웨이의 숲』이 베스트셀러가 된 후 도망치듯 로마로 가서 거주하고 있을 무렵, 하루키는 로마에서조차도 사람들이 이따금 자기를 알아보는 것을 상당한 고역으로 생각했다.

"로마에 사는 1년 동안 자그마치 여섯 명이나 저에게 아는 척을 해왔어요. 그냥 거리를 걷고 있는데 말이죠."

당시의 그로서는 놀랍고 대단한 일이었다. 그런데 얼마 후, 류가 로마에 놀러 와서 하루키와 식사를 할 때 무심코 이런 말을 던지는 것이었다.

"하루키 씨, 내가 오늘 로마 거리를 좀 걸어 다녔는데 아침부터 여섯 명이나 나한테 말을 걸어오더군요. 일본 사람들은 정말 세상 구석구석 안 다니는 데가 없다니까! 로마에는 또왜 이리 많은 건지……."

하루키는 순간 먹고 있던 파스타가 목에 걸릴 뻔했고, 이렇게 아무렇지도 않다는 듯이 투덜대는 류를 보며 '류는 정말 걸물이야. 정말 대단해'라고 그저 멍하니 감탄할 수밖에 없었다.

세상을 살아가는 방식이나 취향 그리고 문학관이 다르다고
해도 류와 하루키, 이 두 사람은 서로에 대한 존경심을 가지
고 있었다. 무엇보다도 하루키는 동종 업자, 즉 다른 소설가
와 만나서 대화하는 일이 거의 없었으므로, 무라카미 류와의
교류는 정말 예외적인 경우였다. '불친절하지만 좋아한다'고
류의 소설을 평가하는 하루키는, 자신의 첫 장편소설인 『양
을 쫓는 모험』은 무라카미 류의 『코인로커 베이비스』를 읽고
'보다 강한 스토리텔링'에 자극을 받아서 썼다고 고백하기도
했다. 류의 경우에는 하루키의 『세계의 끝과 하드보일드 원더
랜드』를 하룻밤 만에 다 읽었을 정도로 매료되었다고 고백한
다. 류에게도 그런 경험은 흔치 않았다.

또한 하루키는 자신의 베스트셀러 『노르웨이의 숲』이 류의
경우처럼 데뷔작이었다면 상당히 곤혹스럽고 부대꼈을 것 같
다고 말한다. 자기야 글 쓰기 시작한 지 10년 만에 베스트셀
러를 낸 셈이라 압박감이 없었지만 데뷔하자마자 일약 베스
트셀러 작가가 되어버린 류는 참 힘들었을 거라고 말이다. 그
러나 류는 능청스럽게도 『노르웨이의 숲』이 세상에 나오기
전부터 하루키에게 '어서 밀리언셀러를 하나 좀 쓰시지'라며
은근슬쩍 부추겼다고 한다. 너무 같은 페이스로 '마니아 작

가'식으로 가다 보면 아무래도 한 가지 스타일로 고착되는 느낌이 있고, 어느 시점에서 한번쯤은 시원하게 뻥 뚫어줄 필요가 있다면서. '류는 워낙 속 편하게 사는 인간이니까 그런 말을 쉽게 할 수 있는 거지'라고 당시의 하루키는 한 귀로 듣고 한 귀로 흘렸으나 훗날 곰곰이 되새겨보니, 역시 류가 한 말은 틀리지 않았던 것이다. 이렇게 이 두 작가는 음으로 양으로 서로를 보완해나갔다.

지금은 얼마만큼 가까운지 모르겠지만 하루키가 서른한 살, 류가 스물여덟 살의 파릇파릇한 나이였을 때 두 사람은 함께 대담집 『워크 돈 런Walk, Don't Run』을 펴내기도 했다. 지금은 절판된 그 책을 어렵사리 구해서 읽어보니, 두 사람의 강한 개성과 캐릭터를 그대로 보여주고 있었다. 신인 작가다운(?) 치기를 엿볼 수 있었고, 그때만 해도 자신들의 사생활에 대해 가감 없이 솔직하게 이야기했던 터라, 그들의 절판 결정을 조금은 이해할 수 있었다. 나중에 읽으면 무진장 창피할 것 같으니까. 하지만 그럼에도 그 책을 읽다 보면 아직은 신진 작가의 입장이지만 현재의 류와 하루키를 만들어낸 혼이 그때부터 존재했다는 것을 느낄 수 있다. 책 속에서 두 사람이 서로에 대해 코멘트한 부분만 봐도 알 수 있었다.

류에 대해서 하루키가

무라카미 류는 전업 작가로만 보기는 힘들다. 그는 불가사의한 사람이다. 나는 '이 사람이 작가가 되지 않았다면 어떤 일을 하고 있을까?' 생각해봤지만 그럴듯한 직업이 떠오르지 않았다. 나중에는 이 사회가 류라는 인간을 조금도 필요로 하지 않는 게 아닐까라는 생각이 들 정도였다. 즉 '직업'이라는 설정 자체가 류한테는 맞지 않는 것 같다. 이 사람에게 필요한 것은 '직업'이 아니라 '상황'이었다.

한편, 우리 둘이 같이 전장에 나갔는데 내가 중상을 입게 된다면 류는 한 시간 정도는 최선을 다해 나를 간호해줄 사람이다. 하지만 한 시간이 지나면 아마 그는 이렇게 말하며 자리에서 일어날 것이다. "저기 말이야 하루키, 나 방금 좀 할 일이 생각났거든. 그래서 그 일 끝나면 다시 돌아올 텐데, 그 사이 혼자 있어도 괜찮겠지? 금방 끝날 거야." 물론 나는 류를 비난하고 있는 것이 아니다. 누구도 류를 비난할 수 없다. 이 사람은 고래처럼 입으로 상황을 들이켜고 앞으로 나아가는 사람이다. 어떤 이유에서든 류에게 정지는 죽음을 의미하는 것이니까. 나는 '어, 이거 큰일 났네'라고 생각하면서도 '류니까 하는 수 없지'라고 여기며 전장에서 혼자 외로이 죽어갈 것이 틀림없다. 역시 이것도 류의 인덕이라고 말할 수밖에 없다.

하루키에 대해서 류가

한 작가의 출현으로 내 일이 편해졌다. 남이 나를 더 선명하게 해줄 때 그렇다. 단, 그러기 위해서는 그 작가에게 그만한 저력이 있어야 한다. "네놈이 데뷔해서 내가 편해졌어"라는 말을 나는 한 선배 소설가에게서 들었다. 나는 같은 의미의 말을 하루키에게 했다. '편해졌다'는 건 이상한 표현이지만 더 편하게 호흡할 수 있게 되었다는 뜻일 것이다.

하루키를 생각하면 한 정경이 떠오른다. 서로 안 지 얼마 안된, 음악을 좋아하는 두 명의 소년이 방에서 레코드를 듣고 있다. 두 소년은 일렉트릭 기타의 선율에 흠뻑 빠져 대화조차 나누지 않는다. 몇십 번 반복해서 두 소년은 듣는다. 그리고 창밖이 어둑어둑해지자 한 명이 '참 음악 좋네'라고 중얼거리고 다른 한 명은 그저 고개를 끄덕인다. 이윽고 밤이 되자 두 소년은 각자의 방으로 돌아간다. 방에 누워 둘은 제각기 방금 들은 기타 연주를 떠올리며 '우리들도 멋진 연주가였으면 참 좋았을 텐데, 기타와 베이스로 함께 연주할 수도 있지 않을까'라고 잠시 백일몽에 빠진다. 하지만 아쉽게도 소설가는 결코 같은 곡을 함께 연주할 수는 없다.

우정과 배신에 대해

무라카미 하루키는 수줍음을 잘 타고 낯을 가리는 것으로
유명하다. 단짝 일러스트레이터, 안자이 미즈마루는 이렇게
말한다.

"하루키는 굉장히 낯을 가리지만, 우정의 깊이에 대해서는 완
벽한 그 무언가가 있다. 한번 사귀면 오래가는 그런 타입이다."

그에게 오래가는 것은 친구만이 아니다. 고단샤의 편집자
사이토 요코는 『바람의 노래를 들어라』부터 최근작 『애프터
다크』2006년에 이르기까지 무려 25년의 세월 동안 계속 무라
카미 하루키의 담당 편집자로서 함께 수많은 책을 만들어냈

다. 처음 만났을 때는 입사한 지 얼마 안 된 앳된 독신 여성이었던 요코가 지금은 대학생 자녀를 둔 부모가 되었다고 하니, 그 세월 동안 한 직장에서 일할 수 있다는 것 자체가 부러운 일이 아닐 수 없다. (참고로 나는 이 책의 출간 허락을 위해 그녀와 직접 통화를 한 적이 있는데 목소리가 매섭도록 카리스마 있다.)

초창기에 함께 작업했던 사진작가나 일러스트레이터와도 오랜 세월에 걸쳐 지속적으로 작업한 것이나, 아내와 40년 넘게 친구 같은 부부 생활을 유지해온 것도 우정에 대한 그의 한 단면이 아닐까.

하루키가 서른두 살일 때, 〈문학계〉로부터 '우정과 친구'에 대해 짧은 글을 써달라는 부탁을 받았다. 막상 친구에 대해 쓰려고 하니까 자신에게 친구라고 할 만한 사람이 거의 없다는 사실을 깨달았다고 한다. 거꾸로 말하면, 그때까지 친구가 거의 없다는 사실을 인식하지 못하고 살았던 것이다! 갑자기 식은땀이 흘러내려 정신을 바짝 차리고 골똘히 다시 생각해보니 같이 수영장에 가거나 술을 마시자고 부를 수 있는 '친구'는 남녀 통틀어서 4명 정도 꼽을 수 있었다. 그들에겐 공통점이 있었는데 침묵을 불편해하지 않았고, 술을 먹어도 자기 자랑이나 인생에 대한 불평을 늘어놓거나 남의 욕을 하지 않았다. 또 그들은 하루키가 쓴 글을 아예 읽지 않거나 읽었어도 거의 흥미를 갖지 않았다.

"솔직히 말해 나는 친구를 많이 사귀는 스타일은 아니에요. 좀 더 정확히 말하면 친구를 거의 일부러 만들지 않습니다. 대신 한번 친구로서의 정을 느끼게 되면 그들을 정말 소중하게 여깁니다."

하지만 친구라고 믿었던 사람에게 배신당한 아픔도 있었다. 2006년 4월호 〈문예춘추〉를 통해 하루키는 한때 자신의 담당 편집자였던 야스하라가 살아생전에(야스하라는 몇 년 전 암으로 세상을 떠났다) 무라카미 하루키의 친필 원고를 도쿄 간다의 고서점에 고가로 상당 부분 내다 판 사실을 알게 되었다. 자신의 친필 원고가 '야후 옥션'에 올라가 있거나 서점 한 귀퉁이의 매대에 특별 전시된 채 판매되어온 사실을 목격한 것이다. 하루키는 큰 충격을 받았다.

야스하라는 반골 기질이 있는 편집자로서 무라카미 하루키와 작가 초창기부터 상당히 친하게 지냈으나 하루키가 베스트셀러 작가가 된 이후부터 이유 없이 노골적으로 적대적인 모습을 보였고, 그 후 두 사람의 사이는 소원해졌다. 적어도 하루키는 그에게 순수한 호의를 느끼고 있었고 그가 자신을 이해해준다고 믿었다. 또한 야스하라는 하루키가 가진 문단의 유일한 인맥이었다.

풍문으로 야스하라가 편집자를 그만두고 잘 팔리지도 않는 소설을 쓴다는 소식도 들었다. 또 세상이 자신을 몰라준다며 괴로워한다는 얘기나 암 투병 소식을 듣고, 하루키도 마음이 편치 않았다. 그런데 급기야는 이와 같은 사후死後 원고 유출 사건이 일어나다니, 하루키는 믿을 수 없었다. 이 일을 계기로 그는 다시 한 번 야스하라와의 지난 세월을 돌이켜 보지 않을 수가 없었다.

야스하라는 왜 사람에게 이토록 상처를 주지 않으면 안 되었을까? 우정을 잃은 것도 황당하고 속상한데, 자신의 원고를 남겨진 가족을 위한 유품으로 활용한 그에 대해 무라카미 하루키는 어떤 느낌을 가져야 할지 알 수 없었다.

일상생활의 법칙

무라카미 하루키의 일상생활은 소설을 쓰는 데 최적의 환경을 만들기 위한 수련 과정처럼 보인다. 주로 해가 뜨기 전에 일어나 오전에 하루의 집필 분량을 다 채운다. 오후에는 볼일을 보거나 운동을 하며, 해가 지면 절대 일을 하는 법이 없다. 하루의 일과가 끝나면 맥주를 한 병 마시거나 적포도주 혹은 위스키를 조금 마시면서 음악을 듣거나 책을 읽는다. 주로 10시쯤 되면 잠자리에 들지만 가끔은 8시 반에 잘 때도 있다. 그리고 이 패턴은 주말에도 똑같이 적용된다.

예를 들어 『해변의 카프카』를 쓸 당시에는 매일 새벽 4시에 일어나서 5시간 동안 소설을 쓴 후, 운동복으로 갈아입고 조깅을 했다. 오후가 되면 한두 시간 정도 그의 오랜 취미인 '중고 음반 가게 순방'에 나섰다. 재즈 LP를 뒤적이며 둘러본 후 수영을 하거나 스쿼시를 하고, 귀가해서 저녁 9시에 책상으로 돌아가 자기 전까지 앉아 몇 시간 동안 번역에 몰두했다. 이

것이 정해진 평화로운 하루 일과였다.

의식주 역시 그의 하루 일과만큼이나 일관성이 있다. 하루키의 패션 스타일은 고등학교 교복을 벗은 이래로 지금까지 기본적으로 절제된 진남색이나 베이지색 등, 무채색 계열의 심플한 캐주얼 차림이다. 보수적인 라이프 스타일을 추구하지만 정치적 가치관만큼은 매우 진보적인 미국 중산층 지식인의 옷차림 같다고나 할까. 또한 미국 메인 주의 작은 '가방 전문 가게'에서 우연히 구입한 가방을 주로 메고 다니고 거의 운동화를 신으며, 손목시계는 1만 원 이하의 것만 차는 것을 원칙으로 한다. 그에게는 편하고 단정한 차림이 최고의 스타일인 것이다.

그러나 하루키도 셔츠에 집착을 보이던 시절이 있었다. 재즈 카페를 운영했을 때다. 자신이 가진 서른 개의 셔츠를 보러 '피터 캣'에 오는 사람들도 분명히 있을 거라고 철석같이 믿었던 그는 그런 손님들을 위해 매일 다른 셔츠로 갈아입었고, 입기 전날 밤 다림질을 잘 해서(그래서 가사 중 그의 특기는 다림질이 되었다) 걸어 놓곤 했다고 한다. 그중에서도 산 지 얼마 안 된 따끈따끈한 브룩스 브라더스의 흰색 버튼다운 면 셔츠의 냄새와 촉감을 말할 수 없이 좋아했다. 정갈한 셔츠를 입고 흰색 앞치마를 두른 주인장 무라카미 하루키가 만드는

'피터 캣'의 특식 양배추롤이 불현듯 먹고 싶어진다.

또 하루키는 심플하고 건강한 식생활을 좋아한다. 그래서 되도록이면 조리 단계가 적은 단순한 음식을 선호한다. 하루키는 교토의 작은 요리 집에서 주인아주머니가 조물조물 손으로 만들어주는 조림이나 무침 반찬을 가장 좋아한다. 집에서의 조리법은 훨씬 더 간단하다. 식사의 기본으로 일단 샐러드를 한 접시 가득 먹고, 생선은 회 아니면 구이로 요리해 먹는다. 조미료는 되도록 넣지 않거나 줄이고 후추나 설탕도 사용하지 않는다. 쌀은 외식할 때만 먹고 집에서는 빵이나 파스타 혹은 기타 면 종류를 삶아서 먹는 정도다.

정크푸드는 먹지 않지만 도넛의 유혹만은 뿌리치지 못한다. 그래서 하루키는 도넛의 본고장 보스턴에 살았을 때 정말 행복해했다. 그가 좋아하는 도넛은 전통적인 스타일의 도넛이다. 그래서 가게에 머핀이나 베이글 같은 빵이 진열되어 있는 것은 반칙이라고 화내는 인물이다.

여행을 다닐 때 그의 음식 선택 기준은 모르는 식당에 들어가면 반드시 중간 가격대의 음식을 주문하는 것이었다. 씀씀이에 인색해서가 아니라 식당의 진정한 실력은 '중간 가격대'의 음식에서 가장 확실하게 파악된다는 믿음 때문이다. 와인이나 위스키에도 같은 공식을 적용했고, 초밥 집으로 말할 것 같으면 '참치 뱃살'이 아닌 그냥 빨갛고 평범한 참치 초밥을 맛있게 만들어 주는 식당을 신뢰했다.

하루키는 건전한 생활의 신조가 거창한 데 있다기보다 작은 것에서 비롯된다고 믿는다. 작가 생활을 시작한 이후로 이렇게 모범적이고 변함없는 일상을 유지해나가다 보면 자칫 숨 막히지는 않을까? 자신이 정해놓은 틀에서 탈선할 가능성은 정녕 없는 것일까? 하루키에겐 아마 없을 것이다. 그는 자신의 생각이나 생활 습관을 웬만해서는 바꾸지 않으니까. 대신 돌파구는 있었다. 하루키는 이사를 광적으로 좋아했다. 먹는 것과 입는 것은 웬만해서는 바꾸지 않았지만 취미가 '이사 다니기'라고 할 만큼 그는 자주 옮겨 다니며 살았다. 이사만큼 일상의 풍경을 강력하게 바꿀 수 있는 것은 없었기 때문에 하루키는 전업 작가가 된 이후 지금껏 3년 이상 한 장소에서는 절대 살지 않는 못 말리는 '이사 중독자'가 되었다.

반듯하고 자기통제가 잘되어 있는 무라카미 하루키의 일상생활은 그가 지닌 '소년다움'과 무관하지 않다. 어릴 때부터 혼자 자란 하루키는 늘 혼자이기 때문에 더 강해져야 한다고 생각하며 살아왔다. 그에게 소년다움이란, 여러 가지 힘든 일이 닥쳐도 그것을 꾹 삼키고 헤쳐 나가는 것이다. 평소에는 조금 바보스러운 면이 있어도 어떤 일에 부딪히면 혼자서도 꿋꿋이 이겨내는 것을 이상적인 소년다움으로 생각했다. 말도 안 되는 핑계만 대거나, 뻔뻔스럽게 사람을 이용하거나, 남의 욕만 한다면 그건 '소년'이 아니라고 말한다.

하루키가 지닌 또 다른 '소년다움'은 약속 시간, 특히 일에 대한 약속의 엄수다. 아무 생각 없이 무턱대고 일을 받아들이지도 않을뿐더러 해야 할 일은 제대로 하고, 하지 말아야 할 것은 절대로 하지 않는다. 하루키의 이런 면모가 자신이 생각하는 소년다움이다.

여성에게 상냥하고 예의 바르면서도 기본적으로는 조금 건방진 구석이 있는 것도, 귀여운 엉뚱함과 호기심도 하루키의 소년다운 면모다. 인체 표본 공장에 취재하러 갔을 때 한 직원에게 다짜고짜 "이 회사는 사원 여행을 어디로 가나요?" 하고 물어보았던 하루키, 고이와이 치즈 농장으로 견학 갔을 때 동물을 너무 좋아한 나머지 송아지 입속에 손가락을 집어넣고 천진난만하게 즐거워했던 하루키는 지금도 66세의 만년 소년이다.

작가의 아내

"목까지 올라오는 터틀넥이 참 잘 어울리는 여자 친구를 갖는 것이야말로 멋진 일이죠."

하루키의 이 말을 듣노라면 영화 〈사랑할 때 버려야 할 아까운 것들〉의 한 장면이 생각난다. 여주인공 다이앤 키튼에게 잭 니컬슨이 왜 한여름에 터틀넥을 입고 다니느냐고 구박(?)하니까 "흠, 나는 그냥 터틀넥이 잘 어울리는 여자겠죠"라고 대답하던 장면 말이다.

무라카미 하루키는 자연스럽고 화장기가 없으면서도 매력적인 여자, 심플하면서도 품위 있는 화이트 셔츠 같은 여자를 좋아했다. 아마도 지적인 유머 감각을 가진 보이시한 여자에 대해 호감을 가진 것 같다.

하루키는 말한다. 이 세상에 완벽한 두 남녀가 결합하는 연애란 꿈 중의 꿈이라고. 그래서 하루키가 소설에서 그리는 연애는 가장 고독한 남자와 여자가 만나 서로의 자아를 부딪혀가며 극복하는 것보다는, 처음부터 어딘가 '포기한 부분이 있어서' 서로에게 과도한 요구를 하지 않는 그런 '거리감'이 있는 연애였다. 사랑을 상실해가는 연인의 모습도 많이 그렸다. 작품의 주인공들은 떠나가는 사람을 잡지 않고, 오는 사람을 거부하지도 않는다. 처음부터 연애라는 것에 큰 기대를 하지 않아서일까?

지나간 사랑에 대해서도 그는 체념적인 시선을 갖는다. 자신이 가진 감성이나 정서의 대부분을 만들어준 사춘기 시절 호흡했던 공기라든가, 읽었던 책이라든가, 가봤던 장소라든가, 들었던 음악이라든가, 좋아했던 여자아이 등은 아직까지 마음속의 중요한 일부로 살아 있지만 말이다.

"나는 열다섯 살 때 사랑에 빠진 적이 있는데 그 사랑의 마음이 얼마나 뜨거웠는지 지금도 생생히 기억해요. 헤어진 여자 친구를 생각하면 지금도 마음이 뜨거워지죠. 하지만 다시 만나지 않는 편이 낫다고 생각해요. 그렇다고 해서 결코 예전으로 돌아갈 수는 없으니까. 좋든 싫든 그것이 인생이니까요."

한편, 한번 지나간 사랑은 되돌릴 수 없기 때문에 결혼을 하고 싶을 때 해야 한다고 그는 피력한다. 하루키가 20대 초반의 젊은 나이에 가진 것도 없이 학생 결혼을 했듯이, 결혼은 '하고 싶을 때 하는 것'이 최고라는 게 그의 생각이다. 그렇다면 어떤 상대와?

"그 사람 앞에만 서면 절로 미소가 지어지는 상대가 결혼 상대로는 최고죠."

꽤나 로맨틱한 대답이다. 또 만약 결혼 생활에서 사랑이 식고 권태기가 찾아온다면 무조건 바로 헤어질 것이라고 말한다. 인생이란 지루해하면서 살기에는 너무나도 아깝기 때문이란다. 그만큼 결혼한 반려자에게 최선을 다해야 한다는 말이기도 하다.

"결혼 생활이 비참하냐고요? 비참하지요. 하지만 결혼하지 않아도 인생이란 원래 비참한 거예요. 둘이서 그 비참함을 공유하고 서로에게 기대면 좋겠네요. 잘될 수만 있다면 인생이 조금은 편해지니까."

이쯤 되면, 이런 남자를 남편으로 둔 여자가 궁금하지 않을 수 없다.

작가 무라카미 하루키의 아내, 무라카미 요코는 여느 평범한 '작가의 아내'가 아니다. 그녀는 가장 든든한 파트너이자 친구이자 능력 있는 편집자다. 원고를 완성한 후 가장 먼저 아내에게 보여주는 것은 불변의 법칙이고, 아내 요코의 심사를 무사히 통과해야만 담당 편집자에게 보여줄 수 있다. 작가 시절 초창기 때만 해도 하루키만큼 책을 좋아하는 요코가 "요새 왜 이렇게 읽을 만한 책이 없는 거야. 당신이 하나 좀 재미난 걸로 써봐요"라고 투덜대면 하루키는 "그래? 그럼 어디 마누라를 위해 하나 써볼까?" 하는 가벼운 마음으로 아내를 즐겁게 해주기 위해 글을 썼다고 한다. 〈플레이보이〉 인터뷰에서 자신은 인간으로서의 완성도는 떨어지지만 남편으로서는 꽤 괜찮은 편이라고 생각한다고 말했을 정도로 애처가다!

하루키가 아내에게 먼저 원고를 제출하는 것은 그녀의 공정함을 믿기 때문이다. 요코는 제아무리 남편의 소설이라도 재미없으면 재미없다고 툭 던져버리는 스타일이다. 안으로 팔을 굽히지도 않고, 눈치도 전혀 보지 않았다.

"냉정하다고나 할까, 아무리 누군가를 넘치도록 사랑해도 비판 의식은 꼭 갖고 있지요."

그것은 두 사람이 대학 동창으로 시작해서 결혼 후에도 늘 대등한 관계를 유지해왔기에 가능하지 않았을까? 1년 남짓 요코가 나가서 일을 하고 하루키가 집에서 주부 역할을 한 적도 있었다. '피터 캣'을 운영할 때도 두 사람은 공평하게 재즈 카페 일과 가사를 적절히 나눠서 했다. 지금은 그의 소설로 먹고살지만 우연히 자신이 소설 쓰는 능력을 가졌다는 것뿐이지, 소설을 바라보고 평가하는 기량은 대등하다고 하루키는 아내에 대해 객관적으로 평가한다. 아내가 초고를 다 읽고 나면 두 사람은 이틀 동안 밤낮을 가리지 않고 철저하게 토론한다. 냉정하고 객관적인 자세로 그녀와 이야기를 하다 보면 하루키의 머릿속은 점차 정리되었고 실제로 아내의 지적과 조언은 유효했다.

아내 요코의 캐릭터도 남편 하루키 못지않게 별나고 독특하다. 태어나서 한 번도 파마나 화장을 한 적이 없는 데다가 괴기소설을 좋아하고, 어렸을 때의 장래 희망은 닌자였다고 한다. '밤'을 싫어하기 때문에 한창 새벽이슬 맞으며 놀 10대나 20대에도 밤에 외출 한번 제대로 해본 적이 없단다. 저녁 늦게까지 깨어 있을 때가 없어서 흡혈귀와 평생 마주할 기회가 없다 보니, 언제부터인지 '흡혈귀'에 매료되어서 관련 서적은 다 읽었을 정도란다. 밤에 깨어 있는 것을 싫어하는 대신 그녀는 아침 해가 뜨는 광경을 보는 것을 좋아한다. 현재 그녀가 꿈꾸는 이상적인 삶은 평화로운 섬에서 과일을 따 먹으며 조용히 사는 것이다.

아내 요코는 하루키의 말대로, '감정의 절대성'에 대해서도 동감한다.

"우리 부부는 어느 한쪽이 다른 누군가를 좋아하게 되면 바로 이혼할 거예요. 이것은 '좋아한다'는 감정을 둘 다 매우 소중히 하기 때문이지요. 나의 속상한 감정보다도 배우자가 다른 여자에게 좋아하는 감정을 훨씬 더 많이 느끼게 된다면 그 대목에서 인생은 변화해야 한다고 생각해요. 그래서 우리 부부에게는 바람을 피운다는 표현이 있을 수가 없지요. 서로를 사랑하고 있거나 아니면 헤어지거나 결국 두 개의 선택밖에는 없거든요. 우리는 만약 다른 사람이 생긴다면 꼭 서로에게 밝히자고 약속을 했어요. 이혼해주는 것만이 상대를 존중할 수 있는 길이니까."

그러면서도 남편이 먼저 죽으면 어떨 것 같냐는 질문에 대해서는 다음과 같이 대답한다.

"같이 죽겠죠. 아, 물론 마음으로 말이죠. 육체는 살아 있다고 해도 마음은 죽어버리겠죠. 흠…… 사실 남편이 먼저 죽으면 저도 별로 더 오래 못 살 것 같긴 하네요."

하루키는 건강과 적금 그리고 현명한 반려자가 자영업자의 3대 보물이라고 말한다.

그려지지 않은 한 장의 그림

두 명의 멋진 어른 남자가 있었다. 한 사람은 작가, 한 사람은 일러스트레이터. 그 둘은 도쿄 아오야마 부근에 주로 서식하며 우연히 길에서 만나면 의기투합해서 초밥을 먹으러 가거나 단골 바로 새기도 했다. 나이가 몇 살이든 소년처럼 장난치고 농담하면서.

그들은 뛰어난 '케미'를 자랑하는 명콤비였다. 두 사람은 무라카미 하루키가 재즈 카페를 운영할 당시부터 알던 사이였고 1981년 『중국행 슬로보트』를 시작으로 30여 년에 걸쳐 꾸준히 22권의 단편집과 에세이를 함께 만들어왔다. 무라카미 하루키의 짱짱하고 리듬감 있는 문체에 안자이 미즈마루의 능청스럽고 탈력감脫力感 넘치는, 수리술술 그린 듯한 그림은 절묘하게 어울려서 보는 이를 절로 미소 짓게 만든다. 안자이 미즈마루의 본명 '와타나베 도오루'는「패밀리 어페어」를 비롯 하루키의 단편소설 6편의 작품에서 남자 주인공 이름으로 쓰이기도 했다. 두 남자의 성실한 책 작업의 역사와 속 깊은 우정의 기록은 보는 이를 흐뭇하게 한다.

"안자이 미즈마루는 이 세상에서 내가 마음을 허락할 수 있
    는 몇 명 안 되는 사람 중 한 사람입니다."

무라카미 하루키는 이렇게 그 특별한 우정을 고백했건만 안자이 미즈마루는 2014년 3월 자택에서 일하던 도중 뇌출혈로 쓰러져 71세로 세상을 떠나게 되었다. 무라카미 하루키는 〈주간아사히〉 3월 18일 자에 '그려지지 않고 끝난 한 장의 그림'이라는 제목의 유일한 추모 글을 게재했다. 원래 그해 여름에 출간될 예정이었던 『텔로니어스 멍크가 있던 풍경』의 표지에 그림을 그려주기로 했지만 그 약속을 지키지 못하고 떠나버린 것에 대한 아쉬운 마음을 담은 담담한 글이었다. 미즈마루는 "좋아요, 합시다"라고 흔쾌히 일러스트 일을 허락한 후 뉴욕에서 재즈 아티스트 텔로니어스 멍크와 만났을 때의 일화를 얘기해주기도 했다.

때는 1960년대 후반, 미즈마루는 뉴욕에 살고 있을 때 한 재즈 클럽에 멍크의 연주를 들으러 갔다. 가장 앞자리에 앉아 있으니까 멍크가 다가와서 담배 한 개비가 있느냐고 물었고 그는 가지고 있던 하이라이트 담배를 주면서 성냥으로 불도 켜주었다. 멍크는 한 모금 빨고 나서 "음, 맛있군"이라고 말했다고 한다. "텔로니어스 멍크에게 담배를 건네준 것은 아마 나밖에 없지 않을까"라고 기쁜 듯 미즈마루가 자신에게 자랑했다고 하루키는 아스라이 추억했다.

앞으로 하루키×미즈마루 명콤비의 책을 더 이상 보지 못하게 되는 일, 특히나 안자이 미즈마루 특유의 힘을 뺀 듯 기분이 말랑해지는 색감이 아름다운 그림을 보지 못하는 것은 정말 아쉽지만 그만큼 그간 함께 펴낸 책들의 소중함이 도드라지기도 한다.

'소년다움'

고통과 자기 치유라고 하는 것은 『양을 쫓는 모험』 이후 무라카미의 작품을 관통하는 큰 주제였다.

"제가 흥미를 가지고 있는 것은 인간이 자기 안에 끌어안고 사는 일종의 암흑 같은 것이에요. 나는 그것들을 진지하게 관찰해서 이야기라는 형식으로 그대로 리얼하게 쓰고 싶어요. 해석하거나 설명하지 않고."

고통에 대한 무라카미 하루키의 기본 태도는 '수용'이다. 인생에 대한 그의 기본 태도는 '일어나버린 일은 일어나버린 것이다'이다. 맞춰 살 수밖에 없고 어쩔 수 없다고. 그래서 일단 일어난 일은 묵묵히 받아들인다. 고통을 기꺼이 품어야 한다고 그는 말한다. 소설집 『여자 없는 남자들』의 주인공 남자들은 여자들이 떠나가는 고통을 겪는다. 그리고 '여자가 떠난다'

는 고통을 최소화하기 위해, 평범한 남자가 하지 않을 것 같은 일을 한다. 그들은 침착하다. 울부짖거나, 물건을 부수거나 매달리거나, 여자를 괴롭히는 행위를 억제한다. 어떤 식으로 여자가 떠나갔는지를 상세히 묘사하지만 그들이 '왜' 떠나갔는지에 대해서는 아무도 모른다.

하루키는 여기서 하나의 중요한 경험적 메시지를 던진다. 그것은 상처 받을 때는 제대로 상처 받는 쪽이 낫다는 것이다. 자제하지 않는 편이 좋다. 상처 받지 않은 것처럼 자제하면 자제한 만큼 더 깊이 상처 받고야 마는 것이다. 내가 그녀를 사랑했고 지금 내가 얼마나 무너져 내렸는지를 표현하고, 내가 그녀에게 얼마나 무의미하고 무가치한 존재였는지를 받아들여야 한다고.

단편소설 중에서도 「키노」의 바 주인장 키노는 고통에 무디게 반응한다. 마치 자신에게 일어나지 않은 것처럼. 그걸로 인해 '독'은 향할 곳이 없다. 상처를 깊이 입었는데도 티 내지 않는 이들은 대개 자기통제력과 자존심이 강한 사람들이 아닐까. 표면적으로 태연한 '수용'으로 독은 내 안에서 계속 빙글빙글 돌기만 할 뿐, 영원히 빠져나가질 못한다. 자신이 품은 '나쁜 마음'을 받아들이는 것, 내가 이만큼 미워하고 그 사람의 불행을 바라는 인간인 것을 알고 그것을 받아들임으로써 고통에서 빠져나올 수 있다.

그 고통을 인정한 다음에도 곧바로 서둘러 해결책을 구하려고 하지 않는 것이 하루키식 고통 대처 방식이다. 어떤 문제라도 간단한 해답은 없다. 중요한 것은 옳은 답을 내는 것보다 깊은 생각과 고민을 통해 이 세상과 나에 대한 이해가 깊어지는 것이다. 세상의 복잡함을 견딜 수 있어야 한다. 가만히 웅크리고 앉아 있는 시간은 인생에서 필요하다. 혼자 조용히 품어내는 힘이 없으면 '마음의 연륜' 같은 것이 제대로 만들어지지 못한다. 그 힘겨움을 혼자 조용히 품다 보면 자연스레 뭔가가 보인다. 고통의 직면은 그러한 방식으로 고요히 그러나 확실하게 이루어진다. 스스로에게 '힘내라'보다 '일단 살아내자/견뎌내자'고 말한다. 그런 다음 '내가 할 수 있는 것은 어떻게든 해보겠다'며 나다운 방법으로 애쓰며 앞으로 나아간다. 그 과정에서 어떤 역경이 와도 '나의 규칙'은 관철시킨다. 즉 사소한 것들을 흩뜨리지 않음으로써 더 큰일을 해나갈 수 있다.

2015년 연초에 진행했던 독자와의 대화 '무라카미 씨의 거처' 질의응답 때는 한 질문자가 "어떻게 하면 감수성을 가질 수 있느냐"고 물었고 그는 다음과 같이 대답한다. "기분 좋게 살면서 아름다운 것들만 본다고 감수성이 커지는 건 아니죠.

옳고 아름다운 것을 찾기 위해 온몸으로 고통을 감당할 때 거기서 감수성이 생깁니다"라고. 또한 하루키는 인간의 매력도 마찬가지라 적당히 해서 적당히 얻을 수 있는 게 아니라 여러 호된 경험을 통해 인간이 깊어지는 것이며 정말 중요한 것은 많은 경우 고통을 대가로 얻게 된다고 말한다.

"사람들은 대개 고통을 통해 배운다.
그것도 무척 깊은 고통으로부터."

나에게 가장 울림이 컸던 그의 '고통론'이다.

무라카미 하루키는 비관적 현실주의자다. 그에게 인생은 '어차피 지는 게임'이다. 하루키 소설의 주인공들은 늘 뭔가 자신이 잃어버린 소중한 것을 되찾기 위해 방황한다. 그 과정에서 그들은 여러 사람에게 상처를 입히기도 하고 시간을 허비하고 가능성을 잃어버린다. 그야말로 불확실하고 불안한 보통의 삶을 반영한다.

계속 뭔가를 잃어가기만 하는 절망의 여정이다. 하지만 어차피 허무하게 지는 게임이라면, 기왕이면 규칙을 지키면서 제대로 지는 것이 후회 없는 삶이 아닐까, 라고 생각한다. 그리고 일단 사는 이상, 최선을 다해 살아가야 함을 어김없이 깨닫는다. 여러 가지 힘든 일이 닥쳐도 그것을 꾹 삼키고 헤쳐 나가는 '소년'의 삶의 태도다.

무라카미 하루키의 흔적을 찾아 떠난 여행

책 원고를 다 쓰고 난 다음에 후련하게 떠나는 여행만큼 기분 좋은 것이 또 어디 있을까? 마음으로 이 책을 마무리하는 의미에서, 특별한 여행을 나 자신에게 선물하기로 했다. 무라카미 하루키의 흔적(그의 소설의 실제 무대가 된 곳과 그의 손때가 묻은 장소들)을 찾아 떠나는 여행을 통해 그에게 좀 더 다가갈 수 있고 그에 대해 좀 더 이해할 수 있을 것만 같았다.

고백하자면, 이미 예전에 무라카미 하루키가 묵었다고 하는 미국 뉴욕 부근의 해변 휴양지 이스트 햄프턴의 B&B와, 그가 성장기를 보낸 고베에 가서 그와 연관된 장소를 둘러보기도 했다. 남편은 이런 나를 보고 춘천이나 남이섬을 찾는

'욘사마 팬'들과 다를 게 없다고 비아냥거렸지만, 나는 개의치 않고 하루키를 기념하는 여행의 완결판으로 도쿄행 티켓을 끊었다. 내게는 몹시 사치스러운 3박 4일의 여정이었다.

일단 숙소는 아오야마에 위치한 호텔 플로라시온(2015년에 문을 닫았다)으로 정했다. 무라카미 하루키가 『언더그라운드』를 집필할 때, 이 호텔의 티 룸 'Voile La'에서 지하철 사린가스 사건 희생자들을 인터뷰했다는 것 때문에 흥미가 있었다. 작고 깔끔하고 조용한 호텔이었다.

도착한 다음 날 내가 첫 발걸음을 옮긴 곳은 와세다대학이었다. 여행을 가면 그 지역의 대표적인 대학에 가보고, 또 그 안의 학생 식당에서 소박한 백반을 먹는 것을 늘 '소확행小確幸 작지만 확실한 행복'의 하나로 생각하기 때문이었다. 그리고 하루키가 대학 시절의 대부분을 강의실이 아닌 아르바이트하는 곳에서 지냈다고는 하지만, 유일하게 아지트로 삼았던 쓰보우치 연극박물관이 궁금하기 때문이기도 했다. 셰익스피어 시절의 건축양식으로 세워진 이 건물을 보자마자 소설 속으로 들어간 듯한 착각에 빠져, 혹시 『해변의 카프카』의 카프카 군이 숨어 살았던 그 도서관의 모델이 아닌가 하는 생각이 들었다. 니스 칠을 한 마호가니 나무 바닥은 한 걸음 한 걸음을 옮길 때마다 끼익끼익 소리를 내며 울렁거렸고, 벽 곳곳에 설

치된 어둑어둑한 호롱불 조명과 잘 어울려서 향수 어린 분위기를 자아내기도 했다. 1층에 있는 자료 열람실에서 무라카미 하루키는 동서고금의 극본들을 걸신들린 듯 읽었다고 한다.

그 시절 하루키를 만나려는 사람이라면 이 고즈넉한 열람실 혹은 신주쿠 가부키초의 밤거리로 찾아가면 된다. 무라카미 하루키가 신주쿠에서 어떤 아르바이트로 학비와 생활비를 댔는지는 자세히 알 수 없지만, 그 장소가 음반 가게였다는 설도 있고 스낵주인 마담이 운영하는 소규모 단란 주점일 것이라는 힌트도 있다. 어쨌든 그는 밤새워 심야 아르바이트를 하고 중간에 짬짬이 게임 센터에서 시간을 죽였으며 아침에야 집으로 돌아가서 잠을 잤다. 그는 종종 학교에서 배운 것보다 신주쿠의 술집이나 게임 센터에서 배운 것이 인생에 더 도움이 되었다고 털어놓곤 한다.

그 주변에는 극장들이 밀집해 있어서 더욱 좋았다. 하루키의 특별한 즐거움은 매해 12월 31일의 '신주쿠 심야 영화관 누비기'였다. 가부키초의 영화관에서 밤 10시부터 시작하여 아침까지 전부 합쳐 6편 정도의 영화를 연달아 보고 나오면 그 소란스러웠던 밤의 잔상은 온데간데없고 스산할 정도의 한산함과 호젓함이 거리를 지배했다. 가부키초의 밤거리에서 분주히 움직이는 아르바이트 청년들을 보니 그러한 잔상이 마치 나 자신의 기억인양 떠올랐다.

신주쿠 가부키초에는 또 한 곳 꼭 가볼 데가 있었다. 바로 재즈 바 'DUG'! 소설 『노르웨이의 숲』의 배경이 된 'DUG'는 전설적인 재즈 카페로서 1960~1970년대 '재즈적인 삶의 방식'이 지배했던 시절, 사람들이 열광한 곳이다. 10평 정도 되는 이 바에는 작은 테이블 6개와 7명 정도가 둘러앉을 수 있는 카운터가 있었다. 주변을 둘러보니 양복 차림의 아저씨 한 분이 혼자 커피를 마시면서 책을 읽고 있었고 또 한 분의 중년 아주머니는 그 맞은편에서 천천히 담배를 피우며 위스키 온더록스를 마시고 있었다. 가게 안에는 마일스 데이비스의 음악이 흘러나왔다. 하루키가 운영하던 '피터 캣'은 이와 비슷한 분위기였을까?

다음 날엔 도심을 멀리 벗어나서 하루키에게 매우 특별했던 한 곳을 찾아가기로 작심했다. 향수 어린 분위기를 물씬 풍기는 그곳, '호놀룰루 식당'은 도쿄에서 한 시간 남짓 가야 하는 '쇼난 바닷가'에 위치한 해변의 대중식당이다. 하루키는 1986년도, 『세계의 끝과 하드보일드 원더랜드』라는 엄청난 장편소설을 쓰고 있을 무렵 후지사와 시에 살았는데, 오전에 하루분의 원고를 다 쓴 후 가끔씩 긴 산책을 하며 바닷가까지 걸어와 이곳 호놀룰루 식당에서 곧잘 점심을 먹고 가곤 했다. 워낙 힘들게 쓴 장편이라 더욱 이곳에 추억이 서렸던 것인지, 아니면 정말 이 식당이 마음에 들었던 것인지, 특정 장소를 웬만해서는 절대 노출하지 않는 그가 자신의 에세이를 통해, 내가 본 것만 해도 두 번이나 이 식당을 극찬했다. 이름도 낭만적이고 맛도 좋고 값도 싸다는데 궁금하지 않을 수가 없었다.

'호놀룰루 식당'을 찾아가는 길도 평범하진 않았다. 생긴지 100년이 지난 '에노덴' 기차를 느릿느릿 타고 바다까지 가는 것이다. 슬로 스피드, 좌석 맞은편 승객의 발이 닿을락 말락 한 좁은 복도 간격. 그리고 주택가 사이를 아슬아슬하게 누비는 바람에 창밖으로 팔만 내밀면 건너편 집에 널려 있는 빨래를 걷어낼 수 있을 것만 같았다. 청춘의 상징, 쇼난 해변에는 이미 무수히 많은 남녀 서퍼가 서핑을 즐기고 있었다. 해변가를 한참 걸어 드디어 오두막 판잣집처럼 생긴 '호놀룰루 식당'을 발견할 수 있었다.

가게 문을 열고 들어가니, 과묵하고 우직해 보이는 주인아저씨, 머리를 질끈 묶은 고운 인상의 주인아주머니, 아직은 스무 살을 안 넘긴 듯 보이는 까무잡잡하고 통통한 주인집 딸이 10평 남짓한 가게에서 부산히 움직이고 있었다. 손님은 대부분이 서핑을 즐기러 온, 새까맣게 피부가 익은 젊은이들이었다. 『지구의 천덕꾸러기들』에서 말했듯, 10여 년 만에 다시 찾은 '호놀룰루 식당'에서 하루키가 시켰다는 '생선&새우 튀김 덮밥'을 나도 주문해서 먹어보았다. 아니나 다를까, "도테모 오이시이!정말 맛있어요!"

여행 중에 '호놀룰루 식당'만큼이나 인상 깊었던 인물도 만날 수 있었다. 도쿄 외곽의 아키시마 역 근처에 '무라카미 하루키 자료관'이 자리 잡고 있는데, 그날 오후 운 좋게도 연락이 닿아 이 자료관을 운영하는 와타나베 상점 주인의 자택에 놀러 갈 수 있었다. 이곳은 온라인으로 무라카미 하루키 관련 서적과 잡지 들을 대여하는 데로서 자료 참고에 많은 도움을 받았다.

올해2007년 서른여덟 살이 되는 자료관의 주인 와타나베 신지는 아내 요코, 고양이 튜나와 함께 살고 있었는데, 아담한 아파트의 거실 한쪽 책장에는 온통 무라카미 하루키의 저서와, 그의 원고나 기사가 실린 잡지로 가득 차 있어 내 가슴을 뛰게 만들었다. 이미 절판된 책을 비롯하여, 하루키의 아내 무라카미 요코가 낸 사진집에 이르기까지 다채로운 컬렉션이 구비되어 있었다. 하지만 겸손한 와타나베는 인사를 나누고 자리에 앉자마자 "상상하신 것과 많이 다르죠?"라며, 멀리 외국에서 왜 굳이 이 누추한 곳까지 왔느냐고 수줍은 미소를 지었다. 그가 개인적으로 좋아하는 작품은 『세계의 끝과 하드보일드 원더랜드』인데, 훗날 작가를 만날 기회가 생기면 왜 최근 책들이 예전에 비해 재미가 없어졌느냐고 투덜거릴 거란다.

귀국하기로 한 바로 전날 나는 마지막으로 하루키의 아오야마 산책 코스를 따라가보기로 했다. 일요일 아침 일찍 플로라시온 호텔을 나오니 간밤에 비가 왔는지 거리는 촉촉하고 한적했다. 그가 즐겨 걷는다는 아오야마 묘지 방면의 가로수 길에는 애완견을 산책시키는 사람들과 조깅하는 사람들이 드문드문 오가고 있었다. 하루키는 가끔 이 부근을 산책하면서 묘지를 가로질러, 예순의 고집스러운 할아버지가 직접 맛있게 홍차를 타주는 '브라머 하우스'라는 홍차 전문점에 들르곤 했다. 한번 들어가보고 싶었지만 아쉽게도 내가 간 시간에는 문을 열지 않아서 대신 그의 단골 커피숍인 '다이보우 커피점'으로 향했다. 3평 남짓한 개성적인 '다방'인 이곳에서 진한 커피 한 잔을 마시며, 나는 무심코 '하루키가 좋아하는 곳들은 어쩌면 이렇게 하나같이 비좁고 사람이 없고(있다 해도 다들 혼자 와 있고), 주인이 완고해 보이는 가게들일까?'라는 생각을 했다.

그나저나 만일 그가 귀국하기로 한 6월 즈음2007년에 내가 이곳들을 찾았다면 그를 우연히 길에서 만날 수 있었을까?
운 좋게 만나게 된다면, 당신은 나의 '북극성' 같은 작가라고
꼭 말해주고 싶다.

정말 고마워요.

참고 도서

村上春樹·都築響一·吉本由美,『東京するめクラブ地球のはぐれ方』, 文藝春秋, 2008.

_____,『「これだけは村上さんに言っておこう」と世間の人々が村上春樹にとりあえずぶっつける330の質問に果たして村上さんはちゃんと答えられるのか?』, 新潮文庫, 2006.

'あのひと'+ユビキタスタジオ,『あのひとと語った素敵な日本語』, ユビキタスタジオ, 2006.

村上春樹,『「そぅだ村上さんに聞いてみよう」と世間の人々が村上春樹にとりあえずぶっつける282の大疑問に果たして村上さんはちゃんと答えられるのか?』, 新潮文庫, 2000.

_____,『村上朝日堂ジャーナル うずまき猫のみつけかた』, 新潮文庫, 1999.

_____,『村上朝日堂はいかにして鍛えられたか』, 新潮文庫, 1999.

_____,『夢のサーフシティー』(CD-ROM版), 朝日新聞社, 1998.

_____,『やがて哀しき外國語』, 講談社, 1997.

참고 자료 | 일문(책·기사)

加藤典洋,『村上春樹イエローページ』, 荒地出版社, 1996.

村上春樹,『村上朝日堂はいほー!』, 新潮文庫, 1992.

_____,『村上朝日堂の逆襲』, 新潮文庫, 1989.

五木寛之,『風の對話集』, ブロンズ新社, 1986.

日本エッセイスト・クラブ(編),『人の匂ひ』, 文藝春秋, 1985.

和田誠(編),『モンローもいる暗い部屋』, 新潮社, 1985.

村上春樹,『村上朝日堂』, 新潮文庫, 1984.

_____ ・村上龍,『ウォークドントラン』, 講談社, 1981.

참고 기사

「ある編集者の生と死—安原顯氏のこと」,〈文藝春秋〉, 2006年 4月.

「翻譯についてのロングインタビュー」,〈本の雜誌〉, 2004年 8月.

「レイモンド・カーヴァーについて語る」,〈文學界〉, 2004年 9月.

「新しい〈村上春樹〉と題した特集」,〈群像〉, 2004年 10月.

「あれから25年」,〈本〉, 2004年 10月.

「村上春樹さんのおうちへ伺いました」,〈Arne〉, 2004年 12月.

「村上春樹・『海邊のカフカ』を語る」,〈文學界〉, 2003年 4月.

참고 자료 | 일문(기사)

「ワンダ—村上春樹ランド」,〈ダ·ヴィンチ〉, 2002年 11月.

「僕が翻譯するわけ」,〈マリ·クレ—ル〉, 1999年 9月.

「物語はいつも自發的でなければならない」,〈廣告批評〉, 1999年 10月.

「地下鐵サリン事件と日本人」,〈現代〉, 1997年 7月.

「ニュ—ヨ—カの村上春樹」,〈ダ·ヴィンチ〉, 1997年 6月.

「僕の地下鐵サリン事件」,〈週刊現代〉, 1997年 3月.

「村上春樹—予知する文學」,〈國文學〉, 1995年 3月.

「村上春樹の解体全書」,〈ダ·ヴィンチ〉, 1995年 5月.

「村上春樹がビル·クロウと語った五時間」,〈GQ〉, 1994年 10月.

「村上春樹への18の質問」,〈廣告批評〉, 1993年 2月.

「ガイジンによるガイジンのためのムラカミ·ハルキ」,〈PLAYBOY〉, 1992年 6月.

「インタビュ—〈村上春樹—僕ガ翻譯をはじめる場所〉」,〈翻譯の世界〉, 1989年 3月.

「村上春樹大インタビュ—『ノルウィイの森』の秘密」,〈文藝春秋〉, 1989年 4月.

「音樂的輻生活～ イタリア的生活」,〈小說現代〉, 1987年 6月.

「村上春樹あ·ら·かると」,〈IN POCKET〉, 1986年 10月.

「村上春樹への質問狀」,〈BRUTUS〉, 1985年 4月.

「作家ほど素敵な商賣はない」,〈IN POCKET〉, 1985年 10月.

「春樹さんと水丸さんの對談」,〈イラストレ-ション〉, 1984年 2月.

「Haruki Murakami in New York」,〈マリ·クレ-ル〉, 1984年 10月.

「ビ-チボ-イズを通過して大人になった僕達」,〈PENTHOUSE〉,
1983年 5月.

「レイモンドカ-ヴァ-について」,〈海〉, 1983年 5月.

「村上春樹にとっての〈雨〉」,〈Can Cam〉, 1983年 1月.

「僕が『僕』にこだわるわけ」,〈廣告批評〉, 1982年 3月.

「坂下のおでん屋コンボイ」,〈太陽〉, 1982年 3月.

「新人賞 前後」,〈群像〉, 1982年 6月.

「ニュ-ヨ-ク·ステイト·オブ·マインド」,〈藝術新潮〉, 1981年 3月.

「病弊の中の恐怖-スティフン·キング」,〈海〉, 1981年 7月.

「男には隱れ家が必要である」,〈BRUTUS〉, 1980年 12月.

「インタビュ-」,〈週刊朝日〉, 1979年 5月.

「ジャズ喫茶のマスターになるための18のQ&A」,〈ジャズランド〉,
1975年8月.

참고 도서

Rubin, Jay. *Haruki Murakami and the Music of Words*. Harvill
Press. 2005.

참고 기사

Anderson, Sam. The Fierce Imagination of Haruki Murakami.
The New York Times Magazine. Oct., 21, 2011.

Braunias, Steven. Japan Darkly. *New Zealand Listener*. May.,
2004.

Brown, Mick. Tales of the unexpected. *Telegraph*. Aug., 15,
2003.

Castelli, Jean-Christophe. Tokyo Prose. *Harper's Bazaar*. Mar.,
1993.

Catton, John Paul. Big in Japan: Haruki Murakami. *Metropolis*.

참고 자료 | 영문(기사)

Devereaux, Elizabeth. Publisher's Weekly Interview: Haruki Murakami. *Publisher's Weekly*, Sept., 1991.

Gregory, Sinda. Toshifumi Miyawaki and Larry McCaffery. An Interview with Haruki Murakami. *Dalkey Archive Press*.

Haruki Murakami and McInerny, Jay. Roll Over Basho: Who Japan is Reading, and Why. *The New York Times Book Review*. Sept., 27, 1992.

Hawthorne, Mary. Love Hurts. *The New York Times*. Feb., 14, 1999.

Kattoulas, Velisarios. Pop Master. *Time Asia*. Nov., 17, 2002.

Kelts, Roland. Nomadic Spirit. *Paper Sky*. 2004.

_____.Quake II Haruki Murakami vs. the End of the World. *Village Voice*. Sept., 25, 2002.

_____.Up from the Underground. *Metropolis*.

_____.Writer on the Borderline. *The Japan Times*. Dec., 1, 2002.

Miller, Laura. The Outsider. *salon.com*. Dec., 16, 1997.

참고 자료 | 영문(기사)

Phelan, Stephen. Found in Translation. *Sunday Herald*. Jan., 2, 2005.

Poole, Steven. Haruki Murakami : I'm an Outcast of the Japanese Literary World. *The Guardian*. Sept., 13, 2014.

Rollins, Michael. Haruki Murakami Does Seattle. *Denbushi. net*. Dec., 1997.

Thompson, Matt. The Elusive Murakami. *The Guardian*. May., 26, 2001.

Williams, Richard. Marathon Man. *The Guardian*. May., 17, 2003.